나를 매혹시킨

한 편의 시

4

원로·중견·신진 시인 30인이 밝힌 *애송시* 이야기

나를 매혹시킨
한 편의 시

구상 · 김춘수 · 김남조 외 27인 지음

문학사상사

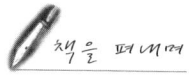

시를 통해 느끼는 삶의 여유

삶의 여유 속에는 한 편의 시, 한 권의 시집을 읽으면서 나와 내 주위를 돌아보는 여유도 포함되어 있는 것이 아닐까. 그런 의미에서 특히 《나를 매혹시킨 한 편의 시》 제4권은 신진 시인들을 다수 망라한 당대의 시인들이 밝힌 애송시에 얽힌 흥미진진한 매우 보기 드문 값진 이야기를 엮은 책으로서 평소 시를 사랑하는 독자들뿐만 아니라, 시의 참뜻과 소중한 가치에 대한 관심이 덜했던 분들에게도, 꼭 읽어 볼 만한 책이라고 권하고 싶다.

문학평론가　조 남 현 《문학사상》 주간)

▲ 소외되어 가는 시 문화

표면상으로는 시와 관계가 없어 보이는 전문인들로부터도 애송시 혹은 '나를 매혹시킨 한 편의 시'를 받아 한 권의 합동시집을 묶는 일은, 시가 아직도 오늘의 한국인들에게 큰 영향을 주고 있음을 깨닫게 해준다. 요즈음같이 문학이 우리 생활의 주변으로 밀려나고 시가 푸대접받는 세상에서 이런 시집이 나올 수 있다는 것은 조금은 놀라운 일이다. 우리나라 사람들은 점점 여유 있는 생활을 하면서도 어째서 시는 점점 더 읽지 않는 것일까, 하는 의문에 휩싸여 있었던 참이기 때문이다. 삶의 여유 속에는 한 편의 시, 한 권의 시집을 읽으면서 나와 내 주위를 돌아보는 여유도 포함되어 있는 것이 아닐까. 왜 우리는 삶의 여유를 매사 서두르고 늘 바쁜 척하는 태도로 채우려 드는 것일까.

옛날에 비하면 시의 기능이랄까 영향력이 감소된 것이 사실이다. 옛날에는 어떤 분야에서 일을 하건 많은 사람들이 시를 '교양필수'로 여겨 왔다. 이제는 문학도 교양과목의 하나에 지나지 않는 것처럼 시집도 필독서에서 제외된 지 오래다. 그렇게 된 결과 오늘날 우리 사회는 점점 메말라 가고 살벌해지고 시끄러워지게 되었고, 사람들은 조용하면서도 깊이 있게 살 줄을 모르게 되었다.

▲시―종합적인 표현양식

옛날부터 시는 여러 가지 기능을 행사하는 것으로 인식되어 왔다. 《논어》에서 시의 긍정적 기능을 논한 대목을 많이 찾아볼 수 있다.

"시를 삼백 편 읽으면 한마디로 나쁜 것을 생각하지 않는다"(위정편)는 구절이 보이는가 하면 "시 삼백 편을 외우면서 정사를 제대로 처리하지 못하면, 또 외교사절로 나가 잘 응대하지 못하면 무슨 소용이 있겠는가"(자로편)라는 구절도 있다. "나쁜 것을 생각하지 않는다"는 "思無邪"를 옮겨 놓은 것으로 주석자에 따라서는 '思' 자를 아무 뜻이 없는 어조사로 파악하여 "사악함이 없다"로 해석하기도 한다. 어떤 식으로 해석하든 시를 많이 애송하거나 읽으면 나쁜 마음은 없어진다는 뜻이 된다. 국내를 다스리는 사람이나 외국과 외교하는 사람이나 시경에 수록된 305편을 지침서로 삼기도 했고 참고문헌으로 활용하기도 했다. 요즈음 외교야 경제 자료가 필수품이 된 것인만큼 시 수백 편을 외워 그때그때 알맞게 활용한다는 것은 그저 고대 중국에서 있었던 옛날이야기일 뿐이다. 그런가 하면 시를 흥관군원(興觀群怨)으로 요약한 것(양화편)도 있다. '흥'은 "정서를 불러일으킨다"로, '관'은 "풍속을 관찰한다"로, '군'은 "올바른 사회관계를 촉진한다"로, '원'은 "원망하되 화를 내지 않고 정치를 자극한다"로 정리할 수 있다. 물론 오늘날 모든 시집이 이렇듯 다양한 기능을 고루 보여 준다고는 하기 어렵다. 옛시든 현대시든 잘된 시라야 이 기능을 제대로 행사할 수 있는 것이기 때문이다.

'흥'에 치중한 시는 서정시로, '관'에 치중한 시는 사회시 · 일상시 · 참여시 등으로 나타난다. '군'에 치중한 시는 교훈시나 격언시로 나타나는 경우가 많다. 시의 기능이 다양하다는 것은 시의 종류가 실로 다양하다는 뜻이 된다. 시는 곧 서정시라고 생각하는 사람들이 많은 것은 사실이나, 시가 담고 있는 세계라든가 시가 대상을 드러내는 방식은 예상 외로 다양하다. 시도 장편소설 못지않게 종합적인 표현양식이라고 할 만하다.

▲ 시구(詩句)에서 느끼는 '촌철살인'의 힘

실제로 시는 소재에 따라, 주제에 따라 또 형식에 따라 여러 가지 갈래를 보여 주게 된다. 대부분의 독자들은 소재면에서는 현실묘사적인 것보다는 현실초월적인 것을, 주제면에서는 사상보다는 서정을, 형식면에서는 장시보다는 단시를 중심적인 것으로 놓고 보는 경향이 있다. 시에서 자신이 살고 있는 세상의 모습을 알려고 하는 사람보다는 그런 세상에서의 인식과 감정을 파악하려고 하는 사람이 더 많다. 그런가 하면 서정시 · 감상시 · 낭만시 · 자연시 등과 같은 것들을 통해 고통을 덜어 내고 슬픔을 이겨 내려고 하는 사람들도 많다. 그러기에 시를 읽는 마음을, 종교를 믿는 마음과 같은 것으로 보는 사람들도 있다.

시는 기본적으로 서정으로 향하는 시와 사상으로 이어지는 시로 갈라진다. 실제로 우리 시에는 김소월 같은 서정시인이 있는가 하면, 한용운이나 김춘수와 같은 사상시인이 있다. 그런가 하면 윤동주와 같이 섬세한 손길로 참회의 지평을 일군 시인이 있고, 이육사나 유치환같이 의지를 내세운 시인도 있다.

한 편의 시를 외워 이따금 흥얼거리다 보면 기분전환도 되고 마음이 정화되기도 하고 세상을 달리 바라보게도 된다. 그뿐이랴, 새로운 각오나 의지로 나아가게도 된다. 시를 외울 경우, 다만 한 대목이라도 좋다. 학창시절에 외운 시조 한 수나 한 장이 각자의 내면 속에서 종교 경전의 한 구절처럼 기운을 뿜어 낸 경험을 맛본 사람들이 많을 것이다. 사람들 입에 오르내리는 유명한 시구들은 촌철살인(寸鐵殺人)과 같은 힘을 발휘한다.

"한 송이 국화꽃을 피우기 위해 / 봄부터 소쩍새는 그렇게 울었나보다"(서정주, 〈국화 옆에서〉), "아아 님은 갔지마는 나는 님을 보내지 아니하였습니다"(한용운, 〈님의 침묵〉), "엄마야 누나야 강변 살자"(김소월, 〈엄마야 누나야〉), "왜 사냐건 / 웃지요"(김상용, 〈남으로 창을 내겠소〉), "죽는 날까지 하늘을 우러러 / 한점 부끄럼 없기를"(윤동주, 〈서시〉), "산이 날 에워싸고 / 씨나 뿌리며 살아라 한다"(박목월, 〈산이 날 에워싸고〉), "내 죽으면 한 개 바위가 되리라"(유치환, 〈바위〉), "어머니는 / 눈물로 / 진주를 만드신다"(정한모, 〈어머니·6〉) 등은 우리 시가 내어 놓은 명구(名句)요, 절창이다. 이러한 명구를 통해서 삶이란 무엇인가를 깨닫게 되기도 하고 삶을 어떻게 이끌고 나갈 것인가에 대한 가르침을 받기도 한다.

기본적으로 시인들은 깨끗하고 아름답고 보람 있는 삶을 더 많이 생각하고 또 이를 세련된 언어감각과 날카로운 언어선택으로 감동을 노리며 전달하려고 한다. 이러한 시구를 외우고 음미하고 적절한 데 이용하다 보면 시는 우리의 마음을 맑게 해주며 어떤 존재나 대상에 대해 새로운 인식이나 느낌을 갖게 해주는 것임을 확인하게 된다.

▲상상의 날개를 펼쳐라

시를 좋아하는데 교훈적인 것을 좋아하는 것은 문제가 있다. 시에는 격언이나 속담에서 찾기 어려운 기운이 있다. 이러한 기운을 일러 '영적인 기운'이라고도 하고 '분위기'라고도 하고 '정서'라고도 한다. 격언은 다 말해 버리지만 시는 다 말하는 법이 없다. 시는 아무리 뛰어난 독자들에게도 자기의 비밀을 다 털어 내 보이지 않는다. 해독하기 어려운 부분은 독자 나름대로 상상할 수밖에 없다. 일반 독자들은 주관적으로 감상하고 자기 식으로 해석해도 그만이다. 시라는 양식은 독자들이 각인각색으로 읽거나 해석해 주기를 바란다. 대부분의 시들은 이러한 다양한 해석을 감당하지 못한다. 한두 가지 해석만 허용하는 시는 좋은 시라고 하기 어렵다.

독자들은 여유가 생기고 난 다음에 시를 읽을 것이 아니라 시를 읽으면서 삶의 여유를 느낄 수 있어야 한다. 한 편의 시, 한 권의 시집을 읽는 마음은 삶의 여유를 찾는 작업의 출발점에 불과하다. 우리의 정서를 순화하는 데 있어 시처럼 소중한 것은 없다고 한다. 누구나 한 권의 시집의 마지막 페이지를 덮는 순간 나와 너 그리고 우리 모두를 새롭고도 따뜻한 눈으로 바라보게 될 것이다. 그런 의미에서 특히 《나를 매혹시킨 한 편의 시》 제4권은 원로·중견·신진 시인들을 고루 망라한 당대의 시인들이 밝힌 애송시에 얽힌 흥미진진한 매우 보기 드문 값진 이야기를 엮은 책으로서 평소 시를 사랑하는 독자들뿐만 아니라, 시의 참뜻과 소중한 가치에 대한 관심이 덜했던 분들에게도, 꼭 읽어 볼 만한 책이라고 권하고 싶다.

차 례

1권 차례

3권 차례

주막, 그 서럽고도
황홀한 꿈

원고지에 가는 만년필로 섬세하게 적어 보내 준
그 시는 한마디로 그때의 내 눈을
환히 열리게 하는 시였다.

백석 주막(酒幕)

고재종

1957년 전남 담양에서 태어나 1984년 《실천문학》 신작시집 《시여 무기여》로 등단했다. 시집 《바람부는 솔숲에 사랑은 머물고》, 《새벽 들》, 《사람의 등불》, 《날랜 사랑》, 《앞강도 야위는 이 그리움》, 《그때 휘파람새가 울었다》, 수필집으로는 《쌀밥의 힘》, 《사람의 길은 하늘에 닿는다》 등이 있다. 신동엽창작기금과 시와시학 젊은 시인상, 소월시문학상을 수상했다.

주막(酒幕)

백석

호박잎에 싸오는 붕어곰은 언제나 맛있었다

부엌에는 빨갛게 질들은 팔(八)모알상이 그 상 우엔 새파란 싸리를 그린 눈알만 한 잔(盞)이 뵈였다

아들아이는 범이라고 장고기를 잘 잡는 앞니가 뻐드러진 나와 동갑이었다

을파주 밖에는 장군들을 따러와서 엄지의 젖을 빠는 망아지도 있었다

주막, 그 서럽고도 황홀한 꿈

　백석의 〈주막〉이라는 시를 처음 대하게 된 것은 1985년이 었다. 나는 그 전해 《실천문학》의 신작시집에 〈동구밖집 열두 식구〉 등 일곱 편의 시를 발표함으로써 처음 문단에 얼굴을 디밀은 참이었 다.

　그런데 나의 등단이라는 것이 참 우스운 일이었다. 군복무를 마 친 후 부산에서 일자리를 구하던 차, 난생처음으로 일주일 만에 시 스무 편을 써서 그 잡지사에 보냈는데 그것이 신인당선작으로 채택 되었던 것이다. 그러나 나는 당시 실존주의 소설에 빠진 그야말로 전통적인 소설가 지망생이었기에, 나 이외에도 열네 명이나 함께 등단을 시킨 그 잡지를 시큰둥하게 생각하였다.

　나중에 알고 본즉 당시 문단의 흐름이던 민중시의 확산을 위해 기층민중의 시를 광범하게 발굴하고자 한 잡지사 편집진의 전략에 내 시가 끼게 된 것이었는데, 지방에 외롭게 묻힌 독학도였던 나는 그런 문단의 흐름을 알 수가 없었다. 그래서 등단이라고 하기도 뭣 한 시를 팽개치고 다시 소설로 나가겠다는 요량이었다.

　그런데 신작시집이 나온 뒤 보름도 채 안 되어 《창작과비평》에서 다섯 편의 시 청탁이 온 것이다. 그때는 사실 5공의 칼서리를 만나 그 잡지 자체가 폐간되고 매해마다 엔솔로지(시선집)를 묶었는데,

거기에 싣고자 한 청탁이었다.

어쨌거나 나는 그 청탁을 받고 무척 놀랄 수밖에 없었다. 왜냐하면 아무리 시골에 묻힌 깡무식이었어도 1960~1970년대부터 발행되어 단박에 한국 문단에 회오리바람을 일으킨 《창작과비평》과 《문학과지성》이란 문학계의 두 거봉의 존재 자체를 내가 모를 리 없었기 때문이다. 그 리얼리즘과 모더니즘의 두 거봉은 상호비판과 상호보족적인 입장에서 《사상계》 이후 이 땅의 사상과 문학계를 선도하고 있다는 인식을 갖고 있던 터에, 그 청탁이 왔으니 내 기분이 어떠했겠는가.

그래서 비록 등단은 초라하지만 그 청탁으로 나는 나의 시적 가능성을 인정받은 것 같았다. 그리하여 이제부터 시에 한번 매진해 보자는 생각으로 《문학개론》, 《시론》, 《시작법》, 《현대시사》, 《한국대표시 선집》 등을 사다가 부지런히 시를 연습해 보는데, 이런, 이건 갈수록 오리무중이었다. 두어 달의 우여곡절 끝에 청탁원고를 보내긴 했지만 그 앤솔로지에 내 시는 실리지 않고 원고료와 함께 당시 이시영 주간의 사신(私信)이 담겨져 왔다. 등단작의 신선함에 못 미친 진부함과 표현의 생경함 그리고 울분 어린 목청뿐이어서 다음 기회를 보자는 내용의 편지였다.

그런데 놀랍게도 나는 그 편지를 받고 실망하기는커녕 "그러면 그렇지!" 하며 무릎을 탁 쳤던 것이다. '그래, 〈창작과비평사〉가 어떤 덴데 시 공부를 한 지 두어 달밖에 안 되는 내 시를 싣겠어?' 하는 생각과 함께였다. 그때부터 나는 본격적으로 시 공부를 시작했다. 누우면 천장에 온통 시행이 그려질 정도로 한 달 혹은 두 달 만에 시 30~40편씩을 대학노트에 빼곡히 써서 무턱대고 이시영 선생께 보냈다. 물론 유치하기 짝이 없는 편지와 함께였다.

다행히 선생은 그 시를 다 훑어보고 그 중 한두 편에 ○표 혹은 △표를 쳐 주곤 "삶의 분한을 다 터뜨린다고 해서 문제가 하나라도 해결되는 게 있던가요. 때론 침묵이 필요합니다"라거나 "오월이니 뭐니 하는 이슈를 좇지 말고 삶의 직접적인 경험이나 가까운 이웃 이야기를 쓰세요"라거나, 또 "긴장과 절제는 시의 생명입니다"라는 등의 간단한 평문(評文)을 써서 보내 주었다. 그 간단한 평문에도 나는 하나를 가르쳐 주면 열 개를 알아채는 학동(學童)처럼 흥분하며 부지런히 배우고 익히는 데 열정을 다하였다.

그러던 차 선생은 어느 날 편지에 시 한 편을 직접 써서 보내 주었는데 예의 백석의 〈주막〉이란 시였다. 원고지에 가는 만년필로 섬세하게 적어 보내 준 그 시는 한마디로 그때의 내 눈을 환히 열리게 하는 시였다. 사실 나는 그때까지 우리 시문학사에 백석이란 시인이 존재한다는 사실조차 몰랐다. 그도 그럴 것이 당시 백석은 우리의 정치 담당자들의 판무식 탓에 월북시인으로 규정되어 시문학사에서 완전히 지워진 존재였기 때문이었다. 원래 평안도 정주 출생이었기에 6 · 25공간에서 그냥 이북에 남아 버린 시인이 어찌 월북시인이던가.

그후 1987년에 이동순 시인이 편집한 〈창작과비평사〉판 《백석시전집》을 통해 백석의 전모를 보고 나는 참으로 서럽고도 황홀했다.

"상실해 가는 고향의식의 회복, 이를 통한 식민 제국주의 문화의 극복, 전통 문화에 대한 따뜻한 긍정, 시인 특유의 방언주의와 북방 정서"(이동순) 등은 한마디로 민속적 상상력을 통해 건져 올린 민중적 공동체의 세계에 대한 눈부시도록 서럽고도 황홀한 언어의 축제였다.

그 중 하나인 〈주막〉도 지배적 인상만을 불과 4행으로 처리한 시적 절제와 긴장감, 그러면서도 그 안에 무수한 민중 서사를 내포하고 있는 유려함, "새파란 싸리를 그린 눈알만한 잔"마저 보아 내는 시적 관찰의 섬세함, "팔모알상(팔각형의 개다리소반)"과 "울파주(대, 수수깡, 갈대 등으로 엮은 울타리)"와 "엄지(짐승의 어미)" 등의 맛깔스런 방언 구사 등으로 질박하고 정감 있는 우리의 구체적 일상과 민족혼을 담아내어, 궁극적으로는 근대의 중앙집권화와 물신화에 대항하고 식민 제국주의자들의 규격화, 규범화의 강압에 저항하고 있는 것이다.

특히 그의 대부분의 시에는 우리 주위에서 흔히 만날 수 있는 가지각색의 민초들, 박각시 · 자벌기 · 당나귀 등 갖가지 곤충과 동물들, 돌나물·제비꼬리·마타리·임금나무 등 형형색색의 풀꽃과 나무들, 거기에 막써레기·송구떡·게산이알 등 각종 음식물과 또한 무속의식, 구비설화, 아동 유희, 속담, 노동과 관련된 서사 등이 한데 어우러져 생명과 민중 공동체를 만화방창 이루어 내고 있으니, 그야말로 우리 시사에 있어 전무후무의 장관이었던 것이다.

나는 그로부터 순식간에 백석에 빠져들었다. 더구나 나중에 시인의 자야 여사와의 애절하고 순정한 사랑 이야기마저 전해 듣고는 긴가민가했던 나의 시인지망을 공고히 한 후 오늘까지 시단 말석의 행보나마 부끄럽지 않게 여겨 오는 것이다.

그런 백석의 시를 처음으로 내게 적어 보내 준 선생의 생각은 무엇이었을까. 무릇 불학무식에 비재(菲才)마저 겹친 내겐 스승도 있을 수 없었으나, 나는 그로부터 선생을 마음속에 스승으로 모시고 이 시업의 '쓸쓸하고 높고 외로운' 지경을 묵묵히 견뎌 오고 있다. 이 어찌 고맙고 즐거운 일 아니던가.

아! "아카시아들이 언제 흰 두레방석을 깔았나/어데서 물쿤 개비린내가 온다"(백석의 〈비〉). 주막에 탁배기 한잔 하러 가야겠다.

부엌, 이타(利他)의 샘이여

하찮게 넘겨 버릴 수 있는 일상의 공간에서 그는
값진 보물을 캐내어 보여 줍니다.
그가 의도했건 의도하지 않았건, 인간의
일상적 행위 속에 감춰진 신성의 눈부신 빛을
그는 시를 통해 드러내 주고 있습니다.

고진하

정현종 = 부엌을 기리는 노래

강원도 영월에서 태어나 감리교신학대학 및 동 대학원을 졸업했다. 《세계의 문학》으로 데뷔했으며 현재 기독교문화포럼 대표이다. 시집으로는 《프란체스코의 새들》,《우주배꼽》 등이 있으며, 명상에세이로 《영혼을 살아 있게 하는 50가지 방법》이 있다.

부엌을 기리는 노래

정현종

여자들의 권력의 원천인

부엌이여

이타(利他)의 샘이여,

사람 살리는 자리 거기이니

밥하는 자리의 공기여,

몸을 드높이는 노동

보이는 세계를 위한 성단(聖壇)이니

보이지 않는 세계의 향기인들

어찌 생선 비린내를 떠나 피어나리오.

부엌, 이타(利他)의 샘이여

　　내가 십수년 동안 시를 써 오면서 지금까지 붙들고 있는
화두(話頭) 가운데 하나는 '일상의 성화(聖化)'입니다.

　이 화두에 집중하게 된 것은 아마도 내가 하는 일〔司祭職〕과 무관
하지 않은 듯싶습니다. 일상의 성화란, 밥을 먹고 노동을 하고 섹
스를 하고 이웃과 사귐을 갖는 등 삶의 모든 순간 속에서 신성의
임재를 깨닫고 살아감을 지향하는 일입니다.

　흔히 제도에 갇힌 종교인들은 성(聖)과 속(俗)을 나누고 가르는
데, 연못에 피어난 연꽃을 진흙으로부터 분리할 수 없는 것처럼,
내가 발을 딛고 사는 세속의 바다에서 성(聖)을 꽃피우자는 것입니
다. 성속일여(聖俗一如)라 했으니, 언젠가는 이것에 대한 집착마저
훌훌 벗어던져야겠지만!

　정현종의 시를 읽기 시작한 것은 오래된 일입니다. 신학을 전공
하고 시를 쓰는 내가 그의 시에 빠져들게 된 것은, 아마도 그의 시
의 숨결 속에서 느껴지는 '자유와 비상', '생명의 약동', '육체의
우주적 동화' 같은 주제의 육화(肉化)에 매료되었기 때문일 것입니
다. 이처럼 무거워지기 쉬운 주제들을 그가 가벼움으로 노래한다는
것, 이 또한 그의 시가 지니고 있는 특별한 매력이지요.

　근년에 그가 발표한 시 가운데서 내가 좋아하는 시는 〈부엌을 기

리는 노래〉 같은 시입니다. 하찮게 넘겨 버릴 수 있는 일상의 공간에서 그는 값진 보물을 캐내어 보여 줍니다. 그가 의도했건 의도하지 않았건, 인간의 일상적 행위 속에 감춰진 신성의 눈부신 빛을 그는 시를 통해 드러내 주고 있습니다.

〈부엌을 기리는 노래〉는 부엌에 대한 우리의 편향(偏向)된 인식을 뒤집어엎고 새로운 눈길로 부엌을 바라보도록 해줍니다.

> 여자들의 권력의 원천인
> 부엌이여
> 이타의 샘이여,
> 사람 살리는 자리 거기이니
> 밥하는 자리의 공기여,

시인의 눈에 비친 부엌, 그 공간은 생명의 에너지를 공급하는 장소입니다. 그래서 시인은 부엌을 "권력의 원천"이라고 표현합니다. 권력의 원천이라니요? 이때 권력은 흔히 타인을 지배하고 통제하고 괴롭히는 그런 힘을 말하는 것이 아니지요. 그 권력은 말하자면, 사랑의 권력이고 부드러움의 권력입니다. 다시 말하면, 생명의 힘을 공급하는 에너지의 원천이라는 말입니다. 그래서 그것은, "이타

(利他)의 샘"이며, "사람 살리는 자리"가 되는 것이지요.

　이처럼 소중한 자리인 부엌은, 그러나 대개 후미진 곳에 있습니다. 시인들에게도 부엌과 같은 공간은 크게 주목받지 못하지요. 요즘은 많이 달라지기는 했지만, 대개 남성들은 부엌에 들어가기조차 꺼립니다. 그래서 부엌일을 맡아서 하는 여자를 속되게 표현한, '부엌데기' 같은 폄하(貶下)된 말이 생겨난 것이 아니겠습니까.

　시인은 부엌에 대한 이런 잘못된 인식을 뒤집습니다. 오랫동안 사람들의 뇌리에 틀 지워진 고정관념이 깨어지는 것이지요.

　몸을 드높이는 노동
　보이는 세계를 위한 성단이니

　부엌일은 '부엌데기'가 하는 천박한 노동이 아니라 "몸을 드높이는 노동"으로 칭송됩니다. 아무리 해도 표시가 잘 나지 않는 것이 부엌일이 아니던가요. 그야말로 '광(光)' 나지 않는 노동이 여성들의 부엌일입니다. 해도 해도 끝이 없는 부엌일. 하지만 시인의 눈동자에 어린 부엌은 몸을 '드높이는' 자리랍니다. 엎드리고 구부려 낮은 자세로 하는 그 노동이 사람의 '몸'을 드높인다는 것입니다.

　사람의 몸은 '신의 영(靈)이 거하시는 성스런 전(聖殿)'(바울)이지요. 그렇게 귀한 사람의 몸을 드높이기 위해 부엌은 존재하는 것입니다. 세상이 바뀌어 돈만 되면 어떤 직업도 각광을 받게 되었지만, 돈과 무관한 부엌일은 여전히 허드렛일로 치부되고 있지 않던가요. 시인은 이러한 인식을 뒤집습니다. 하찮게 여겨지는 공간, 하찮게 여겨지는 부엌일에 성스러운 관(冠)을 씌워 줍니다. "보이는 세계를 위한 성단(聖壇)"이란 표현이 곧 그것이지요.

성단이라니! 지금까지 나는 부엌을 이렇게까지 드높인 표현을 읽어 보지 못했습니다. 밥솥과 온갖 그릇들과 설거짓대와 가스레인지와 냉장고와 이런저런 반찬 냄새들이 비릿비릿 고여 있는 부엌, 그 공간을 시인은 신성이 깃든 성소(聖所)로 보고 있는 것이지요. 몸을 드높이기 위해 몸을 한껏 낮춰 쉴 새 없이 움직이는 숨겨진 그 공간은 그것 자체로, 성스런 제단이라는 것입니다.

하늘과 땅과 사람의 수고가 깃들여 생겨진 낟알과 채소와 과일과 고기 따위를 가지고 밥과 빵과 반찬을 빚어 '사람을 살리는' 노동이 있는 자리이니, 그것이 어찌 성스런 제단이 아니겠습니까.

그리하여 이제 시인은 그 낮은 부엌 공간이 뿜어내는 향기를 찬미합니다.

보이지 않는 세계의 향기인들
어찌 생선 비린내를 떠나 피어나리오.

부엌에는 온갖 냄새가 비릿비릿 버무려져 있습니다. 부엌의 냄새를 좋다고 할 사람은 별로 없을 것입니다. 그러나 시인은 '생선 비린내'조차 향기롭다고 우깁니다. 왜냐하면 부엌의 냄새는 '이타의 샘'에서 솟는 냄새이며 '사람을 살리'고 '몸을 드높이는 노동'에서 피어나는 냄새이기 때문이지요. 그래서 시인은 '보이지 않는 세계의 향기'도 생선 비린내를 떠나서는 피어나지 못한다고 역설하고 있는 것입니다.

시인을 일컬어 '혁명의 눈을 가진 자'라고 한다던가요. 사물의 보이지 않는 속내를 꿰뚫어 본다고 해서 그렇게 말하는 것이겠지요. 사람의 모듬살이와 뗄래야 뗄 수 없는 소중한 공간인 부엌을 새롭게 바라보게 해준 시인의 시선을 통해서, 우리가 사는 일상의 시간에서 순간마다 '새순이 돋는' 거듭남의 기쁨을 누리고, 우리가 머무는 처소를 '성소'(聖所)로 가꿔 갈 수 있다면 이 얼마나 다행스럽고 흐뭇한 일이겠습니까.

위대한 시인 타고르

시의 표현은 소박하지만 그 뜻은 깊어서 절대자에게
향한 굳센 믿음과 절절한 열정으로 차 있다.
인도의 바라문교적 표현을 빌리면, 우주의 중심 생명인
브라만과 개인의 중심 생명인 아르만 일치를
그는 신비주의적인 필치로 노래하고 있는 것이다.

타고르―나의 생명의 생명이신 이여

구 상

1946년 시집 《응향(凝香)》 필화사건으로 서울문단에 입참하였다.
저서로는 《구상시전집》 외 43권이 있으며, 현재 대한민국 예술원 회원이다.

나의 생명의 생명이신 이여

타고르

나의 생명의 생명이신 이여
나는 항상 내 몸을 정결하게 하리니
당신의 살아 계신 손이 내 온몸 구석구석 닿고 있음을 아옵기 때문입니다.
나는 항상 내 마음에서 모든 거짓을 멀리 하렵니다.
당신의 진리가 내 마음속의 이성의
불을 켰음을 아옵기 때문입니다.

나는 항상 내 가슴에서 모든 악을 내쫓고
내 사랑을 꽃피게 하렵니다.
당신께서 내 가슴 깊은 성전(聖殿)에 자리하셨음을 아는 때문입니다.

그러나 내가 할 바는 당신을 내 손발로 나타내는 것입니다.
나에게 일할 힘을 베푸시는 이가
바로 당신인 줄 믿기 때문입니다.

위대한 시인 타고르

　다 아다시피 타고르는 동양인 최초로 노벨문학상을 받은 시인으로 그는 특히 서정시를 본령으로 삼았는데 그의 작품은 좀 고전적이지만, 철학적인 깊은 명상 속에서 신과 자연과 인간의 합일과 조화와 그 아름다움을 아주 경건하면서도 소박하게 그의 모국어인 벵골어로 노래하였다. 이 시는 그의 노벨상 수상시집인 《기탄잘리 (Gitanjali; '합장한 노래'란 뜻이라고 함)》의 영역본에서 고른 것으로, 그의 표현은 소박하지만 그 뜻은 깊어서 절대자에게 향한 군센 믿음과 절절한 열정으로 차 있다. 인도의 바라문교적 표현을 빌리면 범아일여(梵我一如)로서, 즉 우주의 중심 생명인 브라만과 개인의 중심 생명인 아트만과의 일치를 그는 신비주의적인 필치로 노래하고 있는 것이다. 그리고 그는 천성의 시인으로 그의 시는 샘처럼 끊임없이 저절로 솟고 있음을 그의 작품을 읽은 이는 누구나 알 수 있고, 또 그는 음악가이기도 하여서 시어의 운율도 절묘하게 살리고 있다고 하나 이것은 중역(重譯;英日譯)이기 때문에 그 맛을 낼 수가 없어 유감이다.

　그의 시를 읽고 노벨상을 받도록 추천한 아일랜드의 시인 예이츠 (Yeats, William Butler;1865~1939)는 "타고르의 시를 읽기는 과거 어느 누구의 시를 읽기보다 즐겁다"고 상탄하였고, 우리의 시인 만해(萬海) 한용운(韓龍雲)은 그의 시를 읽고 시집 《님의 침묵》 속에 〈타고르의 시를 읽고〉라는 다음과 같은 시를 남기고 있다.

벗이여, 나의 벗이여!
애인의 무덤에 피어 있는 꽃처럼
나를 울리는 벗이여!

작은 새의 자취도 없는 사막의 밤에
문득 만난 님처럼
나를 기쁘게 하는 벗이여!

그대는 옛 무덤을 깨치고
하늘까지 사무치는 백골의 향기입니다.

그대는 화환을 만들려고
떨어진 꽃을 줍다가 다른 가지에 걸려서
죽는 꽃을 헤치고 부르는
절망인 희망의 노래입니다.

벗이여, 깨어진 사랑에 우는 벗이여!

눈물이 능히 떨어진 꽃을
옛 가지에 도로 피게 할 수는 없습니다.
눈물을 떨어진 꽃에 뿌리지 말고
꽃나무 밑 티끌에 뿌리셔요.

벗이여, 나의 벗이여!
죽음의 향기가 아무리 좋다 하여도
백골의 입술에 입맞출 수는 없습니다.

그의 무덤을 황금의 노래로
그물치지 마셔요.
무덤 위에 피묻은 깃대를 세우셔요.

그러나 죽은 대지가
시인의 노래를 거쳐서 움직이는 것을
봄바람은 말합니다.

벗이여!
부끄럽습니다.
나는 그대의 노래를 들을 때

왜 이렇게 부끄럽게 떨리는지 모르겠습니다.

그것은 내가

나의 님을 떠나서

홀로 그 노래를 듣는 까닭입니다.

특히 타고르는 1929년 일본에 왔을 때 우리 《동아일보》에서 한국 방문을 청하자 이에 응하지 못하는 대신 기고한 시로 친근감이 한결 더하다. 그런데 이 시는 흔히 앞부분 4행만 소개되고 있어 여기에 그 전문을 옮긴다.

일찍이 아시아의 황금 시기에

빛나는 등불의 하나였던 한국

그 등불 다시금 켜지는 날에는

너는 동방의 찬란한 빛이 되리라.

그곳은 마음에 두려움이 없고

머리는 높이 치켜든 곳,

지식은 자유스럽고

협소한 장벽으로 세계가 산산이 갈라지지 않은 곳,

진실의 깊은 속에서 말씀이 솟아나는 곳,

끊임없는 노력이 완성을 향하여 팔을 벌리는 곳,

지성(知性)의 맑은 흐름이

굳어진 습관의 모래톱에서 길을 잃지 않는 곳,

무한한 생각과 행동이 펼쳐져서 우리의 마음이 인도되는 곳,

그러한 자유의 천국으로

내 마음의 조국, 한국이여!

깨어나소서.

― 〈동방의 등불〉 전문

　일제하 그 질곡의 어둠 속에서 허덕이던 우리에게, 특히 지성인
들에게 이 시는 그 얼마나 큰 희망과 위로와 용기를 북돋워 주었는
지 그야말로 그 시대를 살아 보지 않은 세대들에게는 짐작이 안 갈
것이다. 그리고 이 시의 5행 이하 타고르가 제시한 한국의 미래상
이나 이상상(理想像)을 그래도 광복을 맞았다는 우리의 오늘과 대
비할 때 부끄러움을 금치 못하는 것이다.

　마감으로 타고르의 인생 역정을 살피자면, 그는 1861년 캘커타의
명문 가정의 7형제 중 막내로 태어났는데 그의 아버지 데벤드라나
드(Debendranath)는 인도의 종교개혁자요, 독립운동의 정신적 지
도자였다.

　그는 어릴 적부터 주로 가정교사에게서 교육을 받았는데 글재주
가 있어 불과 열한 살에 시를 쓰기 시작했다. 1880년 19세 되던 해

어느 날 저녁에는 세계의 아름다움에 눈이 열리는 신비를 체험하고, 1883년에는 〈자연의 복수〉라는 시극을 발표하는데 이 작품 속에 이미 영혼의 영원한 자유는 사랑 속에 있고, 위대함은 작은 것에 있고, 무한은 형태의 굴레 속에서 발견할 수 있다는 그의 근본 사상이 자리잡는다.

그 뒤 그는 집의 농장 관리를 하면서 시집과 극작을 펴내는 한편, 1901년에 사립학교를 설립하여 그것을 1921년에는 '비스바부 하리티 대학'으로 만들어 오늘의 인도의 명문교 통칭인 '타고르 국제대학'으로 발전시킨다.

그러면서 1909년에는 문제의 시집《기탄잘리》를 벵골어로 출판하였는데 이 시집을 중심으로 다른 작품도 합쳐서 1912년 자신이 영어로 번역, 이것이 앞서 말한 대로 1913년 노벨문학상을 받게 된다. 그 외에도 널리 알려진 시집으로《초생달》,《원정(園丁)》,《열매따기》등이 있고 소설도 장편 여덟 권, 단편 여덟 권 등이 있으며, 희곡, 설화, 평론, 연구논문, 전기, 수필, 기행문 등 저작이 그것을 일일이 열거할 수 없게 많다.

그의 재능은 이렇듯 문학에만 끌리는 게 아니라 음악의 수많은 작곡을 비롯해 그림도 2천여 점을 남겼으며 연극과 무용도 직접 각본도 쓰고 연출도 하고, 안무도 하고 또 출연도 하는 예술의 초인적 능력을 발휘하다가 1941년 80세로 이승을 떠났다.

인간에게 바치는
진혼가

이 시는 독일인과 유태인 사이에 일어난 비극뿐만
아니라, 모든 인간의 가슴속에 잠재한
파우스트와 메피스토의 대결과 갈등을 경고하는
영혼의 진혼가(鎭魂歌)라고 할 수 있다.

김광규

파울 첼란─ 죽음의 둔주곡

1941년 서울에서 태어나 서울대 독문과 및 동 대학원을 졸업하였다. 문학박사이자 시인이며 현재 한양대 독문학 교수로
재직중이다. 1975년 계간 《문학과지성》을 통하여 데뷔하였다. 1979년 첫 시집 《우리를 적시는 마지막 꿈》을 출판한 이
후, 《아니다 그렇지 않다》 등 7권의 시집과 《반달곰에게》, 《대장간의 유혹》, 《희미한 옛사랑의 그림자》, 《누군가를 위하여》
등 4권의 시선집과 산문집 《육성과 가성》을 간행했고, 《귄터 아이히 연구》 등 독문학 분야 저서를 펴냈으며, 하이네, 브
레히트, 빅셀 등의 작품을 번역했다. 김수영문학상, 오늘의 작가상, 편운문학상, 녹원문학상 등을 수상한 바 있다.

죽음의 둔주곡

새벽의 검은 우유 우리는 그것을 저녁마다 마신다
우리는 그것을 한낮에도 그리고 아침에도 마신다 우리는 그것을 밤마다 마신다
우리는 마시고 또 마신다
우리는 공중에 무덤을 판다 거기서는 좁지 않게 누울 수 있다
한 사나이가 집에서 산다 그는 뱀들과 함께 논다 그는 편지를 쓴다
그는 어두워지면 독일로 편지를 쓴다 그대 금빛 머리의 마르가레테여
그는 편지를 쓰고 집 앞으로 나온다 별들이 반짝인다 그는 휘파람으로 자기의
사냥개들을 불러낸다
그는 휘파람으로 자신의 유태인들을 불러내어 땅에 무덤을 파게 한다
그는 우리에게 무도곡을 연주하라고 명령한다

새벽의 검은 우유여 우리는 너를 밤마다 마신다
우리는 너를 아침에도 그리고 한낮에도 마신다 우리는 너를 저녁마다 마신다
우리는 마시고 또 마신다
한 사나이가 집에서 산다 그는 뱀들과 함께 논다 그는 편지를 쓴다
그는 어두워지면 독일로 편지를 쓴다 그대 금빛 머리의 마르가레테여
그대 잿빛 머리의 줄라미트여 우리는 공중에 무덤을 판다 거기서는 좁지 않게
누울 수 있다

그는 외친다 너희들 한 무리는 땅 속으로 더욱 깊이 삽질을 하고 너희들 또 한 무리는 노래 부르고 연주하라

그는 허리에 찬 권총을 잡고 그것을 흔든다 그의 눈은 파랗다

너희들 한 무리는 더욱 깊이 삽질을 하고 너희들 또 한 무리는 계속해서 무도곡을 연주하라

새벽의 검은 우유여 우리는 너를 밤마다 마신다

우리는 너를 한낮에도 그리고 아침에도 마신다 우리는 너를 저녁마다 마신다

우리는 마시고 또 마신다

한 사나이가 집에서 산다 그대 금빛 머리의 마르가레테여

그대 잿빛 머리의 줄라미트여 그는 뱀들과 함께 논다

그는 외친다 더욱 달콤하게 죽음을 연주하라 죽음은 독일이 낳은 대가이다

그는 외친다 더욱 음울하게 바이올린을 연주하라 그러면 너희들은 연기가 되어 하늘로 올라가고

그러면 너희들은 구름 속에 무덤을 갖게 된다 거기서는 좁지 않게 누울 수 있다

새벽의 검은 우유여 우리는 너를 밤마다 마신다

우리는 너를 한낮에도 마신다 죽음은 독일이 낳은 대가이다

우리는 너를 저녁에도 그리고 아침에도 마신다 우리는 마시고 또 마신다

죽음은 독일이 낳은 대가이다 그의 눈은 파랗다

그는 납으로 만든 총알로 너를 맞춘다 그는 너를 정확히 명중시킨다

한 사나이가 집에서 산다 그대 금빛 머리의 마르가레테여

그는 자기의 사냥개들로 우리를 쫓도록 한다 그는 우리에게 공중의 무덤을 선사
한다
그는 뱀들과 함께 놀며 꿈 꾼다 죽음은 독일이 낳은 대가이다

그대 금빛 머리의 마르가레테여
그대 잿빛 머리의 줄라미트여

인간에게 바치는 진혼가

　　바흐 음악에서 '푸가(fugue, 모방에 관한 음악 양식)'를 들어 보면 그것이 정선율(定旋律)과 대선율의 대립 · 반복 · 변조를 통하여 전개되는 것을 알 수 있다. 〈죽음의 푸가〉, 즉 〈죽음의 둔주곡〉이라는 제목이 암시하듯이 이 시에서도 두 개의 주선율이 전편을 흐르고 있다. 하나는 죽음을 기다리는 "우리"의 합창이고, 또 하나는 죽음을 집행하는 "그"의 독창이다.

　　삶의 자양(滋養)인 "우유"가 죽음을 상징하는 "검은"색과 결합하여 "검은 우유"라는 당착어법의 은유를 만들어 낸다. 이 검은 우유를 "새벽에", "저녁마다", "한낮에", "아침"에 마시고 또 마신다. 시간이 역류하는 현실 속에서 우리는 죽어 가고 있는 것이다. "공중에 무덤을 판다"는 것은 가스 처형실에서 죽은 다음 화장장의 연기가 되어 하늘로 올라간다는 말이다.

　　강제수용소의 좁은 공간에서 죽음을 기다리는 우리의 상황과 반대로, 한 사나이는 집에서 살면서 밤에는 "금빛 머리의 마르가레테"에게 편지를 쓰고, 사악한 "뱀들과 함께 논다". 그는 독일이 낳은 '죽음의 대가', 교수형리, 나치스 장교이다. 바그너 오페라의 한 소절을 휘파람 불면서 유태인들에게 자기가 죽어서 묻힐 무덤을 파게 하고, 죽음의 무도곡을 연주시키는 장면은 다큐멘터리 필름에

도 나온다. 이렇게 첫 연에서 이 시의 전체 구조가 예시(豫示)된
다. 유태인 희생자와 독일인 학살자가 두 개의 선율을 타고 대립된
형태로 등장하는 것이다.

검은 우유를 마시고 또 마시는 고통의 반복처럼 이 두 개의 선율
도 조금씩 변조되면서 되풀이된다. 독일 여인의 전형인 "금빛 머리
의 마르가레테"와 종족이론에 나오는 대로 파란 눈을 가진 독일 남
자가 권총을 휘두르는 형상이 하나의 선율을 이루고, 성경의 아가
(雅歌)에 나오는 유태 여인 "잿빛 머리의 줄라미트"와 죽음의 무도
곡을 연주하면서 자기의 무덤을 파는 강제수용소의 유태인들이 또
하나의 선율을 이루고 있다. 두 개의 테마를 끌고 가는 문장들은
모두가 외마디 단문으로 되어 있어, 대립된 두 세계가 서로 어울릴
수 없는 현실을 나타내고 있다. 좀더 자세히 살펴보면, 독일인의
행동을 나타내는 동사들 (예컨대, "편지를 쓴다", "휘파람으로 사냥
개들을 불러낸다", "명령한다", "권총을 흔든다", "총알로 맞춘다" 등)
은 구체적 공격의 진술어인 반면, 유태인의 그것들은 "검은 우유를
마신다", "공중에 무덤을 판다", "좁지 않게 누울 수 있다" 등 수동
적 구속을 나타내는 은유의 차원에 머물러 있다.

마지막 연은 구조가 똑같은 단 두 행으로 구성되어 있다. 독일이
제2차 세계대전에서 패망한 후, "금빛 머리의 마르가레테"가 남고,
유태인이 강제수용소에서 학살당한 후 "잿빛 머리의 줄라미트"가

남아서 만난 것이다. 역사가 언제나 그랬듯이, 남자들은 세계를 파괴하고 인명을 살상(殺傷)하며 죽어갔고, 여자들만 초토(焦土)에 남아 사람을 낳아서 기르고 다시 세상을 만들어야 할 운명을 맞이한 것이다. 학살자 독일인과 피살자 유태인의 살아남은 후예들이 아무런 동사(動詞)도 없이 명사(名詞)만으로 만난 이 마지막 연을 통하여 시인이 전달하는 메시지는 무엇일까. 과거의 청산일 수도 있고, 용서와 화해일 수도 있다. 모든 독자에게 열려진 결말로 주어진 셈이다.

이 시를 쓴 파울 첼란(Paul Celan, 1920-1970)은 루마니아의 체르노비츠에서 독일계 유태인 가정에 태어났다. 1942년 부모와 떨어져 제각기 강제수용소로 끌려갔다. 용케 살아남은 첼란은 1948년 파리로 와서 독문학과 언어학을 공부하고 프랑스 시민권을 획득했으며, 1959년부터 대학강사와 번역가로 일했다. 독일의 나치스에게 부모를 잃고 삶의 터전을 빼앗긴 그가 프랑스에서 독일어를 가르치며, 독일어로 시를 썼다는 사실은 새삼 모국어의 위력을 실감케 한다. 1948년 시집 《유골 단지의 모래》를 펴낸 이후, 아홉 권의 시집을 출판했고, 1960년에 독일에서 가장 명망 높은 게오르크 뷔히너 문학상을 받았고, 그로부터 10년 후에 센강에 투신 자살했다.

19세기 말에서 20세기 초의 세기 전환기에 많은 유태인들이 유럽 문화의 중심적 역할을 했듯이 파울 첼란도 동시대의 독일어권 문학에서 순수시 내지는 절대시의 정점을 보여 주었다. 그러나 외부현실의 반영이 아니라 내면세계의 은유로 씌어진 첼란의 시는 일반 독자의 접근과 이해를 불가능하게 만들었다.

1945년에 씌어진 〈죽음의 둔주곡〉은 그의 작품 가운데서 유일하게 세계적 공감대를 형성하며 널리 읽히는 시다. 그러니까 첼란의 많은 시 가운데서 유일한 예외에 속하는 이 시가 바로 그의 대표작으로 오해되는 결과를 가져왔다고 할 수 있다.

프랑크푸르트 학파의 대표학자인 아도르노는 "아우슈비츠 이후에는 독일어로 시를 쓸 수 없다"고 말했다. 너무나 널리 인용되는 이 발언을 정면으로 거부한 것이 바로 이 시다. 아도르노나 첼란이나 똑같이 20세기를 살고 간 독일계 유태인이다. 미국에 망명하여 나치스 독재와 전쟁의 참상을 피했던 사회학자는 독일문학에 사형선고를 내렸고, 생명의 위협을 받으며 온갖 고통을 현장에서 겪은 시인은 바로 자기의 가족을 포함하여 6백만 명의 유태인을 죽인 학살자의 언어로 시를 써서, 독일문학에 영원한 기념비를 남긴 것이다. 어떻게 보면 유태인답게 머리 좋은 복수를 했다고 볼 수 있다.

구태여 이러한 해석을 하지 않아도 이 시는 작품 자체로서 완벽한 성공을 거둔 현대시라고 생각한다. 소리와 뜻의 결합으로 빚어지는 이 시의 이미지와 메시지는 해석 이전에 공감을 주기 때문이다. 구체적인 역사와 현실을 시각적으로 보여 주면서 동시에 푸가

의 형식을 통하여 망자(亡者)를 추념하는 연도를 청각적으로 들려
줌으로써 거대한 주제를 공감각적 형상으로 재현하고 있지 않은가.
이것은 독일인과 유태인 사이에 일어난 비극뿐만 아니라, 모든 인
간의 가슴속에 잠재한 파우스트와 메피스토의 대결과 갈등을 경고
하는 영혼의 진혼가(鎭魂歌)라고 할 수 있다.

한평생
운명적인 사랑, 조국

이 작품은 쓸쓸하다. '한국의 역사'를 바라볼 때,
혹은 노래하려 할 때 결코 면할 수 없는
만감의 쓸쓸함. 어쩌면 구극(究極)에까지 이를
쓸쓸함은 한국인 우리 모두가 체험하고 간직하는
비애롭고 숙연한 조국인식이리라.

서정주 — 역사여 한국 역사여

김남조

1927년 대구에서 출생하여 서울대 사범대학 국어교육과를 졸업하였다. 1948년 연합신문에 시 《잔상》을 발표하였다. 시집으로는 첫 시집 《목숨》(1953)과 《겨울 바다》,《사랑 초서》,《희망학습》,《바람세례》 등이 있다. 수필집에는 《잠시 그리고 영원히》,《은총과 고독의 이야기》 등이 있으며 서울시 문화상,시인협회상, 3·1문화상, 예술원상 등을 수상한 바 있다.

역사여 한국 역사여

역사여 한국 역사여.
흙 속에 파묻힌 이조백자 빛깔의
새벽 두 시 흙 속의 이조백자 빛깔의
역사여 역사여 한국 역사여.

새벽 비가 개이어 아침 해가 뜨거든
가야금 소리로 걸어나와서
춘향이 걸음으로 걸어나와서
전라도 석류꽃이라도 한번 돼 봐라.

시집을 가든지, 안상객(上客)을 가든지,
해 뜨건 꽃가마나 한번 타 봐라.
내 이제는 차라리 네 혼행(婚行) 뒤를 따르는
한 마리 나무 기러기나 되려 하노니.

역사여 역사여 한국 역사여.
외씨버선 신고
다홍치마 입고 나와서
울타리가 석류꽃이라도 한번 돼 봐라.

한평생 운명적인 사랑, 조국

한국 시인들에게 있어 '조국'이란 심각하고 운명적인 단어이며 평생의 명제라고도 할 만하다. 아니, 시인만이 아닌 전체 한국인에게 '한국' 그것은 마치도 유혈(流血)이 그치지 않는 어버이의 신체와도 같이 일상의 아픈 염려이며 무한히 그리운 대상물이다.

통사(通史)적 관념에 있어서나 다른 국가들과의 비교에 있어서도 한국의 환난(患難)과 고통은 별다르며, 이것이 시인들에게 있어선 비극 의식의 원형을 형성하였고 동시에 희망적인 모든 것의 뿌리도 이에 이어져 있다 하겠다.

우리의 신경 조직 안에서 거문고의 현과도 같이 무시(無時)로 울리며 "심청이처럼 불쌍한 조국(구상)"이라고 비통하게 일컬어졌고, 필자도 "세계에서 가장 슬픈 삼일 만세 만세/이적지 핏속에 울리는/우리의 대한"이라고 쓴 바가 있다. 그 밖에도 무수히 많은 시문(詩文)이 있음을 알고 있다. 정말이지 우리의 조국은 왜 이다지도 불운하고 한심스럽고 철저히 비극적인가. 하여 아픔과 회한이 겹겹으로 교차하는 갖가지 한(恨)을 도저히 떨칠 수 없는 것이 우리 현실이다.

"역사여 역사여 한국 역사여./흙 속에 파묻힌 이조백자 빛깔의/

새벽 두 시 흙 속의 이조백자 빛깔의／역사여 역사여 한국 역사여.”

　위의 첫 연만으로도 이 시는 어떤 완결감(完結感)을 전한다. 그
러면서 고통스럽도록 강렬한 공감을 자아내어 절실하고 숙연한 감
회의 바닥 모를 심연에로 끌려 들어간다. 이에 나타난 슬픔과 체념
과 다시 그후의 축원 등은 깊은 침잠(沈潛)으로 내려앉았다가 아리
고 아프게 떠오르기를 거듭하는 그 율조임을 넉넉히 짐작케 한다.
“새벽 두 시 흙 속의 이조백자 빛깔”이라는 한 구절만 들더라도 하
루의 가장 적멸(寂滅)한 심야의 시간에 홀로 불면의 베개를 돋우고
생각에 잠기는 이가 비로소 알고 느끼는 그 “이조백자 빛깔”이다.
진지한 사변(思辨)의 부피를 만나 보게 한다. 그만치 내포가 크다
는 말이 된다.
　이 작품에서 “무엇 무엇이 되어 봐라”는 여망(餘望)의 표현을 여
럿 볼 수 있는데 이는 한국 역사에 건네는 꿈과 축원이 시의 언어
로 용해되어 나타난 것이다.
　“가야금 소리로 걸어나와서／춘향이 걸음으로 걸어나와서／전라
도 석류꽃이라도 한번 돼 봐라.”
　“시집을 가든지, 안상객을 가든지, ／해 뜨건 꽃가마나 한번 타
봐라.”
　“외씨버선 신고／다홍치마 입고 나와서／울타리가 석류꽃이라도

한번 돼 봐라." 등으로 저편(한국역사)에겐 다양한 꿈과 바람으로 치장한 아름다운 염원을 간곡히 건네는 데에 비해 스스로의 입장을 나타냄에 있어선 담백간결한 한 가지에 그치고 있다.

"내 이제는 차라리 네 혼행 뒤를 따르는/한 마리 나무 기러기나 되려 하노니."라는 술회가 그것인데 자신의 처지나 모습은 축소하고 낮추면서 "네가 되어 봐라"는 저편의 성취에 있어선 그 의지가 굳건하고 애틋하다.

이 작품은 쓸쓸하다. '한국의 역사'를 바라볼 때, 혹은 노래하려 할 때 결코 면할 수 없는 만감의 쓸쓸함, 어쩌면 구극(究極)에까지 이를 쓸쓸함을 한국인 우리 모두가 체험하고 간직하는 비애롭고 숙연한 조국인식이리라.

한국의 산수와 한국의 민화(民話), 한국 두메의 풀피리, 한국의 들꽃, 그리고 한국 모시옷의 파르름 서러운 옥빛, 한국 고유의 초가삼간, 심지어 한국 여인이 수를 놓는 수틀 속의 밑그림까지도 그것이 우리의 상념에 닿으면 아파 오고 눈물겨워짐은 어인 일인가. 우리 마음의 이켠에서 저켠까지를 꿰뚫어 관통하는 어떤 율연함, 부끄럽고 송구한 낭패감, 착잡하고 고뇌스러운 축복인 동시에 체념이면서 새로이 갈구하는 줄기찬 집착인 그것. 결코 갈라 낼 수 없는 일체감 안의 혈관처럼 혹은 온몸을 입혀 두르는 피부와도 같은 것. 통틀어 절대적 유대인 그것.

'한국 역사'에게 되어 봐라 함은 '한국인'에게 되어 보라는 말과 동의어이다. 한국과 한국인은 서로가 서로의 모습이며 운명이며 영혼이기까지 하기 때문이다. 생각하면 오로지 치욕이던 식민지의 처지에서 마침내 독립과 건국을 이루었고 하늘이 주신 선물로 귀중한 기회 반세기의 세월을 우리가 받아 이미 써 왔으되 지금껏 혼돈과 미숙함과 시행착오의 연속이기만 했던 사실이 시인의 정신에 무수히 비분(悲憤)과 회오(悔悟)의 낙인을 찍었으리라.

"역사여 역사여 한국 역사여."

이는 단순히 말이나 글이 아니고 커다랗게 나붙은 게시판에 주물(鑄物)을 파서 새긴 각문(刻文)이다.

형벌처럼 들쑤셔지는 아픔과 단심(丹心)의 조국 사랑을 이 작품에서 읽어 냄으로써 감동과 압도감을 금할 수 없다. 미당 선생의 명시가 허다하거니와 이 작품은 정녕코 한국인 모두의 심정이 동참하게 될 노래임을 확신한다.

선생이 타계하시기 두 주일 전에 서울 삼성병원에서 잠시 만나 뵈었다. 병실엔 눈부시거나 너무 밝지도 않은 겨울 햇빛이 편안한 조도로 가득 담기었고, 자부(승해 씨 부인)가 홀로 병실을 지키고 있었다. 선생의 얼굴은 불그레 홍조를 띠고 미소도 지었으나 이불 아래 하반신이 너무나도 얇게 보임이 가슴 아팠다.

본고(本稿)에 관한 얘기를 하면서 "선생님의 작품에서 택하려 합니다" 했더니 어느 것을 취하려 하는지 알고자 하셨다. 〈귀촉도〉, 〈고요〉, 〈한국 역사여〉 등에서 하나를 고를 것이라고 대답했고, "새로이 착수하는 《대표시인 선집》의 선생님 작품은 제가 고르겠습니다"라고 말하자 매우 흡족해하셨다.

별세 소식을 듣고 영안실에 갔더니 액자 속의 사진이 웃음지을 뿐 선생은 계시지 않았다. 장례날은 혹한의 날씨였고 나는 보행에 장애가 좀 있어 함께 못 갔는데, 장지(전남 고창)까지 간 이들은 야반(夜半) 열두 시경에 귀가하였다 했다. 〈문학사상사〉 청탁의 미당 특집에 글 한 편을 보냈는데 끝귀절이 아래와 같다.

"수일 간의 어수선한 장례절차가/한 장의 얇은 간지로/끼워진 다음/시인은 다시 돌아왔다/그리하여/이제 영원히 여기에 산다/〈한국시〉 이 집에서"

울음에 적신 어떤
앙금 같은 다짐

시를 쓸 수 없던 시름에 나날이 황폐해지고
마침내 생활 또한 어쩔 수 없이 강퍅해졌을 때,
백석은 내게로 찾아왔었다. 그와의 첫 대면은
그 자체가 전율이었고, 한 덩어리 진정성이었다.

김명인

백석 — 남신의주 유동 박시봉방
（南新義州 柳洞 朴時逢方）

1946년 경북 울진에서 태어나 고려대 국문과와 동 대학원을 졸업했다. 1973년 《중앙일보》 신춘문예로 등단했으며, 시집
《동두천》,《머나먼 곳 스와니》,《물 건너는 사람》,《푸른 강아지와 놀다》,《바닷가의 장례》,《길의 침묵》 등이 있다. 소월시문
학상, 현대문학상, 동서문학상을 수상했다. 현재 고려대 문예창작학과 교수로 재직중이다.

남신의주 유동 박시봉방(南新義州 柳洞 朴時逢方)

백석

어느 사이에 나는 아내도 없고, 또,

아내와 같이 살던 집도 없어지고,

그리고 살뜰한 부모며 동생들과도 멀리 떨어져서,

그 어느 바람 세인 쓸쓸한 거리 끝에 헤매이었다.

바로 날도 저물어서,

바람은 더욱 세게 불고, 추위는 점점 더해 오는데,

나는 어느 목수네 집 헌 삿을 깐,

한 방에 들어서 쉬을 붙이었다.

이리하여 나는 이 습내 나는 춥고, 누긋한 방에서,

낮이나 밤이나 나는 나 혼자도 너무 많은 것같이 생각하며,

딜옹배기에 북덕불이라도 담겨오면,

이것을 안고 손을 쬐며 재 우에 뜻 없이 글자를 쓰기도 하며,

또 문밖에 나가지두 않구 자리에 누워서,

머리에 손깍지베개를 하고 굴기도 하면서,

나는 내 슬픔이며 어리석음이며를 소처럼 연하여 쌔김질하는 것이었다

내 가슴이 꽉 메어올 적이며,

내 눈에 뜨거운 것이 핑 괴일 적이며,

또 내 스스로 화끈 낯이 붉도록 부끄러울 적이며,

나는 내 슬픔과 어리석음에 눌리어 죽을 수밖에 없는 것을 느끼는 것이었다.

그러나 잠시 뒤에 나는 고개를 들어,

허연 문창을 바라보든가 또 눈을 떠서 높은 천정을 쳐다보는 것인데,

이때 나는 내 뜻이며 힘으로, 나를 이끌어가는 것이 힘든 일인 것을 생각하고,

이것들보다 더 크고, 높은 것이 있어서, 나를 마음대로 굴려가는 것을 생각하는 것인데,

이렇게 하여 여러 날이 지나는 동안에,

내 어지러운 마음에는 슬픔이며, 한탄이며, 가라앉을 것은 차츰 앙금이 되어 가라앉았고,

외로운 생각만이 드는 때쯤 해서는,

더러 나줏손에 쌀랑쌀랑 싸락눈이 와서 문창을 치기도 하는 때도 있는데,

나는 이런 저녁에는 화로를 더욱 다가 끼며, 무릎을 꿇어보며,

어느 먼 산 뒷옆에 바우섶에 따로 외로이 서서,

어두워 오는데 하이야니 눈을 맞을, 그 마른 잎새에는,

쌀랑쌀랑 소리도 나며 눈을 맞을,

그 드물다는 굳고 정한 갈매나무라는 나무를 생각하는 것이었다.

울음에 적신 어떤 앙금 같은 다짐

　　내가 백석의 시를 처음 대하게 된 것은 대학의 전임(專任)이 되고서도 한두 해를 더 보내고서였다. 첫 시집 《동두천》을 상자(上梓)했던 그 이듬해에 광주의거가 있었고, 그때 나는 대학의 시간 강사 자리로 연명하느라 마음의 여유조차 누릴 수 없어 시 쓰기를 당분간 폐업하던 때였다. 어쩌다 대학에 전임 자리를 얻었지만 그 뒤에도 공부며 삶도 한껏 무력해져 시 쓰기에서 아예 손을 떼버릴 작정이었다. 시를 쓰지 못한다면 책이라도 더 깊게 읽어 좋은 문학선생으로나 남아야지, 그런 내게 과문(寡聞)한 나의 독서를 내력까지 다 아는 친구가 채찍질하듯이 내민 복사본 한 권이 백석 시집 《사슴》이었던가.

　그 몇 해 전에 누군가 내 시를 월평(月評)하면서 백석을 들먹이기도 했지만, 사실 나는 그때까지도 백석을 전혀 알지 못했다. 분단으로 인하여 그가 우리 문학사의 저편으로 잠적해 있었던 것이 까닭이었지만, 무엇보다도 내 독서가 그처럼 빈한했던 탓이었다. 시를 쓸 수 없던 시름에 나날이 황폐해지고 마침내 생활 또한 어쩔 수 없이 강퍅해졌을 때, 백석은 내게로 찾아왔다. 그와의 첫 대면은 그 자체가 전율이었고, 한 덩어리 진정성이었다. 나는 방황하는 영혼과 거기서 마주쳤고, 내 시 〈동두천〉처럼 어쩔 수 없이 분

출되는 생의 앙금들이 자생적인 이야기가 되어 펼쳐져 있는 낯설고 이채로운 시들을 거기서 만났던 것이다. 그러나 무엇보다도 시대를 헤맸던 그의 방랑이 내게도 쓸쓸한 회한(悔恨)이 되어 다가왔다.

그리하여 나는 《사슴》에 실린 시편들 외에도 그의 시를 더 찾아 내느라 골몰했었고, 한겨울 내내 신문이며 잡지 등속에 파묻혀서 지냈다. 그때 내가 찾아낸 시편이 87편, 얼추 그의 시를 망라한 셈 이었다. 나는 백석의 시를 본격적으로 우리 현대시사에 소개해야겠 다고 결심하고서 서둘러 논문으로 정리했다. 그것이 〈백석시고, 1983〉다. 백석 시는 그때까지도 간헐적으로만 읽혀졌을 뿐 본격적 인 조명은 받지 못한 채 현대문학사의 저편에 감추어져 있었던 것 이다. 그의 시가 금지 목록에서 해제된 것이 1988년이다.

앞에 인용한 시는 광복 이후에 간행된 《학풍(學風)》이라는 잡지 의 창간호에 게재되어 있다. 여러 정황으로 미루어 보아 8·15광복 이후에 씌어진 작품이라 판단된다. 광복 후라면 백석이 만주에서의 방랑을 끝내고 조국의 품으로 돌아와 있던 시절이다. 시에서의 "남 신의주"와 "유동"은 지명인 것 같고, "박시봉"은 사람 이름으로 보 인다. "방(方)"은 어떤 방향을 나타내거나 누구의 집을 가리키는 말로 쓰여지므로 "박시봉방"은 '박시봉에게' 혹은 '박시봉의 집에 서'라는 뜻으로 풀이될 수 있겠다(이승원, 〈한국 현대시 감상론〉, 집 문당, 1996). 시는 편지의 모습을 빌려 자신의 생각을 남에게 전하는 형식을 갖추고 있다.

시에서 보면 화자는 아내, 집, 부모, 동생들과도 떨어져 "바람 세인 쓸쓸한 거리 끝을 헤매이었다"라고 술회한다. 백석의 다른 시에도 가족을 등진 채 표랑(漂浪)하는 나그네의 정서가 짙게 나타나 있다. 그러므로 이 유랑은 아마도 시대의 어느 문맥에도 쉽게 포섭될 수 없었던 시인의 고뇌와 쓸쓸한 처지를 암시하는 표현이리라. 나도 가족사의 굴곡으로 방랑하던 쓰라린 시절이 있었다. 그때 뼛속까지 사무쳐 왔던 그 외로움!

이 시에는 어떤 미래나 먼 이상으로도 위로받지 못하는 부재(不在)의 시대를 거쳐 가면서 추억이나 그리움처럼 투명하게 삶을 관조해 보려는 시인의 체념적인 비애가 짙게 나타나 있다. 시대의 혼란과 궁핍 속에서 시인이 자주 생각한 것은 인간의 어리석음과 운명적인 슬픔이었고, 그것을 스스로 깨달아 받아들일 때에는 앙금처럼 가라앉는 슬픔이 남았던 것이다. 외로움을 견디면서 시인은 "어두워 오는데 하이야니 눈을 맞을" 갈매나무처럼 다시 한 번 초연하게 살아갈 것을 결심해 본다.

삶을 달관하고 현실의 갈등을 고요하게 수긍하려는 이같은 자기성찰의 태도는 그러나 시인의 소극적이고 수동적인 세계관을 반영하는 것이리라. 그렇더라도 거기에는 울음에 적신 어떤 앙금 같은 다짐이 묻어난다. 그 다짐의 절절함이 독자에게도 고스란히 감동으로 느껴지는 것이다. 자아와 현실의 어긋남을 정직하게 바라보면서 그것을 체험의 독특한 구조로 형상화해 낸 것이 이 작품이라면, 그러한 성취가 보다 진실한 마음의 울림으로 우리에게 다가선다 하겠다.

이 시의 전편에는 "나"라는 시어가 많이 쓰이고 있다. 시인의 자의식이 상당히 짙게 드리워져 있는 부분이다. 삶의 가파른 고비에 몰려 어떻게 살아갈까 스스로 고심할 때마다, 물리칠 수 없는 어떤 회한이 마음을 아프게 물들일 때마다, 나는 이 시를 떠올린다. "내 뜻이며 내 힘으로" 생을 이끌어 가기가 힘에 부친다고 느꼈던 백석의 자의식이, 그 고백이 어떤 진정성이 되어 내게도 절절해지는 것이다. 그리하여 "어두워 오는데 하이야니 눈을 맞을 그 드물다는 굳고 정한 갈매나무"의 이상을 나도 한번 되새겨 보곤 한다.

아직도 나는 내 생의 어떤 위안거리를 바라고 또 찾아나서는가. 그렇다면 앞으로의 생(生)도 절실해져야만 하리라. 살아 있는 한 나는 내 길의 갈등과 굴곡에서 벗어날 수 없을 것이다.

한국 시의 찰리 채플린

이세룡, 굳이 브랜드를 붙이자면 그를
한국 시의 찰리 채플린이라고 부를 수 있을까.
그만큼 그의 시에는 웃음과 눈물과 꿈과 사랑과
비판과 재미있는 정신분열이 공존해 있는 것이다.

이세룡 · 성냥

김승희

1952년 전남 광주에서 태어나 서강대학교 영문과와 동 대학원 국문과를 졸업했다. 1973년 《경향신문》 신춘문예에 《그림 속의 물》이 당선되어 등단했다. 시집 《태양미사》, 《왼손을 위한 협주곡》, 《미완성의 연가》, 《달걀 속의 생》, 《빗자루를 타고 달리는 웃음》 등과, 산문집 《33세의 팡세》, 소설집으로 《산타페로 가는 사람》, 《왼쪽 날개가 약간 무거운 새》, 이상평전 《제13의 아해도 위독하오》 등이 있으며, 소월시문학상을 수상했다. 현재 서강대학교 국문과 교수로 재직중이다.

성냥

이세룡

감옥 속에는 죄인들이 가득하다.
머리통만 커다랗고
몸들이 형편없이 야위었다.

세계를 불태우려고
기회를 엿보는 어릿광대들

물 한 모금 마시지 못하고
일생을
감옥에서 보낸다.

한국 시의 찰리 채플린

누가 시킨 것도 아닌데 이세룡의 시를 가끔 찾아 읽는다. 무슨 소용이 닿아서 시를 읽는 것보다 그냥 읽고 싶어서 순수하게 시집을 찾아 읽는 경우가 요즈음의 나에게는 무척 드문 일이다. 시를 전업(專業)으로 가르치기 시작하면서부터 사실 나는 순수하게 시를 읽는 즐거움을 많이 빼앗겨 버린 것 같다. 많은 경우 시를 읽는다는 것이 강의나 논문과 연관되어 있기 때문일 것이다. 나야말로 정말로 〈죽은 시인의 사회〉 속에 살고 있는 것은 아닌지? 그래서 내가 일부러 군이 찾아서 읽는 시는 어떤 종류의 나의 내면적 절박함이나 내가 현재 탐색하고 있는 것과 연결이 되어 있는 것일 게다. 내가 이세룡의 시에 요즈음 현저히 관심을 갖는 것은 아마도 카프카가 그의 작품 《심판》의 도입부를 친구들에게 읽어 주고 있을 때 모두들 참을 수 없는 웃음을 터뜨렸다는 막스 브로트의 기억과 연관이 있을지도 모르겠다. 카프카 자신도 너무 웃어서 읽기를 계속할 수 없을 정도였다고 하니까.

나는 기본적으로 이세룡을 아이러니스트로 보고, 그의 시의 특징을 탈주의 재미와 고통으로 본다. 그의 시집 어디를 펼쳐도 탈주의 재미와 톡 쏘는 스프라이트 같은 시원한 고통을 경험하게 된다. 20세기 최고의 매혹적인 탈주자, 지적 유목민인 들뢰즈의 용어를 빌린다면 이세룡의 문학은 소수 문학에 속하는 것일 테고 그래서 우리는 그의 아무렇지도 않은 이미지, 그냥 스쳐 가는 상황에서도 깊은 정치성을 느낄 수 있게 된다. 시 〈성냥〉도 역시 정치적이다. 시인의 상상력은 성냥갑 속에 가지런히 누워 있는 머리만 커다란 성냥을 "죄인"과 연관시킨다. 범상한 상상력은 성냥에서 "죄인"보다는 오히려 따스한 손을, 어둠을 밝혀 드는 휴머니스트적 희망을 그려내겠지만 이세룡의 돌연한 상상력은 성냥에서 죄인을, 갇혀 있는 욕망을, 그 발화(發火)성의 욕망을 꾹꾹 누르고 있는 힘을 은연중에 함께 불러온다. 발화성의 휘발적 욕망을 꾸욱꾹 누르고 있는 힘, 욕망을 죄라고 호명하고 있는 힘의 정체는 분명 정치적이다. 성냥들의 머리통에는 분노와 고통과 풀리지 않는 광기와 꿈과 리비도의 환각이 엉망으로 가득하다. 게다가 성냥들은 "머리통만 커다랗고/몸들이 형편없이 야위었"다. 그들의 야윈 몸은 속박된 자들의 노여움과 가여움, 무력함을 환기시킨다. 매우 정치적인데, 그러나 이세룡은 그런 거창한 담론들을 불러올 겨를이 없다. 그는 금방 겨냥하고 또 탈주한다.

"세계를 불태우려고/기회를 엿보는 어릿광대들." 죄를 안고 세계에 대한 혁명의 욕망을 간직하고 있지만, 그러나 성냥들의 혁명에의 꿈은 실현될 수가 없다. 어릿광대들의 꿈일 뿐이니까. 성냥갑 하나 속에 깃든 것은 이제 죄와 혁명의, 슬픔과 고통의 카니발이 된다. 그리하여 성냥에게도 갈증이 인정된다. 성냥을 보면서 "물한 모금 마시지 못하고"라는 갈증의 숙명을 알아챈 시인은 아마도 그밖에 없었으리라. 성냥갑은 그리하여 평생의 감옥이 되고 니르바나(열반)를 꿈꾸는 차안의 죄인들로 가득 찬 화택(火宅)이 된다. 보편적 인간의 숙명이 고스란히 하나의 성냥갑 속에 조형된 것이다.

나는, 시에는 약간의 불량기(김수영 식으로 말하면 불온성? 그러나 그 말은 너무 무겁다. 불량기가 더 적절한 느낌을 준다)가 있어야 된다고 생각해 온 편이고, 이세룡의 시는 그런 유쾌한 불량기를 가지고 있다. 불량기란 탈주자의 비고정적인 공기이고, 미당이 "나를 키운 것은 팔할이 바람이다"라고 했을 때의 그런 탈속령화하는 바람이다. 시인은 그런 불량한 바람 속에 서 있어야 하고 그런 불량한 바람의 영역을 제도적 대상 주변에 생성할 수 있어야 한다고 생각한다.

이것이 희망으로 보일 때
어리석은 사람들은
집을 담보로 하고서라도
끝까지 간직하려고 애쓰겠지요
또 이것이 불만으로 보일 때
똑똑한 사람들은

밤을 새우더라도
끝까지 씹으려고 덤비겠지요

그러나 이것이 밀가루 빵으로 보일 때
사람들은
제조한 날로부터 사흘이 경과되면
대체로 상하기 쉽다는 걸 알게 됩니다
희망에 대해서도
불만에 대해서도 알게 됩니다.
　　　　　　　　　—〈빵〉 전문

체온계를 물고 있다.

칫솔질을 못해서

석유 냄새만 납니다.
　　　　　　—〈신문〉 전문

　아이러니는 그의 아르키메데스의 점과도 같은 것이다. 그 점에 지
렛대를 넣어 온갖 무거운 것들을 그는 살짝 유쾌하게 뒤집어 놓는

다. 그 점—최소 정항의 선—새어 나감의 점—발산하는 선. 탈주
선을 찾은 전복적 상상력을 냉소적 아이러니가 경쾌하게 감당한다.

　내가 잠든 사이에
　꼭 시계를 훔쳐 갈 것만 같은
　젤소미나

　동생 넷을 위하여
　북치는 여자광대 젤소미나
　일해서 번돈으로 가족들이 살지만
　개고기 〈잠파노〉의 사모님 소리는
　정말 부끄러워,
　눈물로 끓이는 스프는 언제나 짜다

　젤소미나,
　잠들지 마.
　아주 잠들지는 마.
　내 시계를 진짜 롤렉스로 바꿀게.
　　　　　　　　　　—〈길〉 전문

그는 1970년대부터 1980년대 후반까지 많은 시를 발표했고 그 다음엔 영화 쪽으로 흘러가서 시나리오도 쓰고 각색도 하고 감독도 하고 기획도 하고 했다고 그런다. 그러나 내 기억이 다 맞는지는 모르겠다. 나는 〈고려원〉에서 나온 그의 시집 《빵》과 《채플린의 마을》을 가지고 있을 뿐이니까.

　몇 년 간 미국 갔다 와서 그의 소식을 후배 시인에게 물으니 아픈 지가 꽤 오래되었다고 한다. 그후로 아무에게서도 후속의 소식을 듣지 못한 지가 한참 되었다. 하긴 내가 문단 쪽에 만나는 사람도 없고 하니까 그렇겠지만 그도 역시 아마 그러한가 보다. 그나 나나 어떻게 생각해 보면 문단의 한 외곽지대에서 외로움을 무기로 자기 성격의 글만을 써온 무소속파, 좋게 말하면 소수파 문인에 속하는지라 누가 굳이 소식 물을 것도 없고 내 소식을 누구에게 굳이 전할 것도 없다.

　그러나 지금 생각해 보면 그 당시 발표되었던 그의 시는 우리 문단의 시계를 한참 앞섰던 것 같기도 하다. 그는 말하자면 자본주의의 우산 아래 기어들어가 사는 우스꽝스러운 군상들의 희비극적인 모습을 '낯설게 하기'해서 보여 준, 당대의 전위였다는 기억이다. 채플린의 〈모던 타임스〉가 자본주의를 낯설게 하여 보여 준 그것을 연상하면 될 것이다. 또한 요즈음엔 흔한 일이지만 영화를 시 속에 소재로 넣어 문화(대중문화) 쪽으로 시의 영역을 확대했던 점에서도 그는 앞선 시인이었다. 굳이 브랜드를 붙이자면 이세룡을 한국 시의 찰리 채플린이라고 부를 수 있을까. 그만큼 그의 시에는 웃음과 눈물과 꿈과 사랑과 비판과 재미있는 정신분열이 공존해 있는 것이다. 〈뻐꾸기 둥지 위로 날아간 새〉를 읽을 때 우리는 시인이 어떻게 한국—1980년대—오이디푸스적 정치적 올가미들을 희화하여 탈주하고 있는지를 볼 수 있다.

민중 병원 의사가 말씀하시기를—
귀하의 감정을 무기처럼 숨겨 두시기 바랍니다
귀하의 사상을,
잠수함에 태워서 가라앉히시기 바랍니다
감사합니다

내가 말하기를—
새들은
비늘을 달고 물 속으로 날아갑니다
물고기들은 날개를 달고 공중에서 헤엄치구요
감사합니다
사람들이 모두
혀 위에 시멘트를 바르고 있습니다
〈조용한 아침의 나라〉, 감사합니다.

아주 특별한 인연

한 작품이 한 비평가에 의해 세 번이나 글 가운데서
다루어지고 그것에 대한 평가가 그 시인의 시에 대한
긍정적 평가의 대표적인 예가 되었다면 그 작품과
그 비평가와의 관계는 설사 그것이 공적인 것이라
하더라도 보통의 관계는 아니다. 그러니
나와 이 작품과의 관계는 특별하다고 할 만도 하다.

박성룡 ― 처서기(處署記)

김종길

1947년 《경향신문》 신춘문예를 통해 등단했다. 1950년 고려대학교 영문과를 졸업하여 1952년부터 교편생활을 했으며,
경북대, 청구대를 거쳐 고려대에서 33년 간 재직하였다. 고려대 문과대학장, 한국시인협회장을 역임하였으며, 현재 고려
대 명예교수이자 예술원 회원이다. 목월문학상, 인촌상, 예술원상을 수상한 바 있으며, 그 밖에 시집 · 시론집 및 역시집
등을 발표했다.

처서기(處署記)

처서 가까운 이 깊은 밤
천지를 울리던 우레소리들도 이젠
마치 우리들의 이마에 땀방울이 걷히듯
먼 산맥의 등성이를 넘어가나보다.

역시 나는 자정을 넘어
이 새벽의 나른한 시간까지는
고단한 꿈길을 참고 견뎌야만
처음으로 가을이 이 땅을 찾아오는
벌레 설레이는 소리라도 듣게 되나보다.

어떤 것은 명주실같이 빛나는 시름을,
어떤 것은 재깍재깍 녹슨 가윗소리로,
어떤 것은 또 엷은 거미줄에라도 걸려
파닥거리는 시늉으로
들리게 마련이지만,
그것들은 벌써 어떤 곳에서는 깊은 우물을 이루기도 하고
손이 시릴 만큼 차가운 개울물 소리를

이루기도 했다.

처서 가까운 이 깊은 밤
나는 아직은 깨어 있다가
저 우레소리가 산맥을 넘고, 설레이는 벌레소리가
강으로라도, 바다로라도, 다 흐르고 말면
그 맑은 아침에 비로소 잠이 들겠다.

세상이 유리잔같이 맑은
그 가을의 아침에 비로소
나는 잠이 들겠다.

아주 특별한 인연

〈나를 매혹시킨 한 편의 시〉는 많다. 외국 시에도 많고 국내 시에도 많다. 사실 내가 이 글을 일주일 가까이 기한을 넘겨 이제야 쓰게 된 것도 그러한 시가 너무 많아 어느 것으로 할까 고민하느라 그렇게 된 것이다. 나로 하여금 글 쓰기를 망설이게 한 것은 그 때문만이 아니다. 그 시는 단순히 나를 매혹시켰을 뿐만 아니라 그것과 나 사이에는 무슨 특별한 '사연'이 있어야 한다고 생각했기 때문이다. 청탁의 문면(文面)으로 봐서는 그러한 시에 관해 글을 쓰라는 것이 분명했다.

그러나 솔직히 말해서 나에게는 그러한 시가 따로 없다. 나이가 많아서 그러한 시가 있었는데 잊었는지는 모르지만 지금 아무리 생각해 봐도 생각이 나질 않는다. 어릴 때부터 시에 관심을 가졌고 시를 공부하고 시를 가르치는 것이 평생의 직업이었던 나 같은 사람에게는 시가 특별한 것이 되지 못하고 다분히 사무적이고 일상적인 것이 됨직도 하다. 지금 내게 특별한 사연이 있는 시가 생각나지 않는 것은 분명히 나의 직업과 관계가 있을 것 같다.

따라서 내가 여기서 드는 박성룡(朴成龍) 시인의 〈처서기(處暑記)〉라는 작품과 나 사이에 특별한 관계라고는 아무것도 없다. 다만 이 작품이 1964년 10월호 《현대문학》에 발표된 것을 보고 "현

시단(詩壇) 전반의 모색 가운데서 하나의 작품으로서는 그 원숙과 균형에 있어서 가장 완벽에 가까운 작품"이라고 당시 내가 계속하고 있었던 〈시단월평〉에서 격찬을 했고 뒤이어 다음 해 1월호 《문학춘추》에 발표된 1964년도 〈시단총평〉인 '실험의식과 작품의식'이라는 글에서도 그것의 일부를 인용까지 하면서 칭찬한 일이 있었을 뿐이다.

이것도 이 작품과 나 사이의 특별한 인연이라면 인연이지만 그 인연은 공적인 것이지 사적인 것은 아니다. 즉 나는 이 작품을 비평가로서 평가한 것이지 그것에서 개인적으로 받은 감동을 사적으로 고백한 것이 아닌 것이다. 그러나 여기서도 공과 사는 그 경계가 아리송하다. 아무리 냉철한 비평가라 할지라도 개인적으로 감명을 받지 못한 작품을 칭찬할 수는 없기 때문이다. 즉 그의 비평적 평가는 그의 사적인 심미적 반응 위에서 내려지는 것이다.

그것이야 어떻든 나는 그 뒤 30여 년이 지난 다음에 다시 한 번 이 작품을 칭찬하게 되었다. 그것은 〈창작과비평사〉가 이 시인의 시선집을 낼 때 내게 '해설'을 쓰게 했을 때다. 그 시선집 《풀잎》의 발행일자가 1998년 1월 15일이니 내가 그 청탁을 받은 것은 1997년 가을 무렵이었을 듯한데 그때 편집자는 시인이 내가 해설을 써 주기를 바랐다고 일러 주셨다. 그리하여 나는 거기서 이 작품의 셋째 부분과 넷째 부분을 인용하면서 다음과 같이 말하였다.

"여기 보이는 벌레소리의 묘사는 우리 시뿐만 아니라 세계의 모든 시를 통틀어서도 유례를 찾기 어려운 절창(絶唱)이라 할 만하다. 첫 4행에 걸친 치밀하고도 섬세한 은유적 이미지들이 '우물'과 '개울물'의 공감각적 이미지로 수렴되는 시적 사고는 유장하고도 유연하기 그지없다. 그리고 이 벌레소리를 표현하는 숨가쁠 정도로 충만한 이미지의 향연 다음에 오는 이 작품의 넷째 부분의 조용하고 해맑은 진술의 리듬은 작품의 종결을 매우 자연스럽게 준비한다."

여기서 인용한 이 대목은 그대로 그 시선집의 뒷표지 바깥쪽에 광고문처럼 인쇄되었다. 그러고 보니 이 대목이 그 해설문 가운데서도 가장 인상적으로 이 시인의, 시의 우수성을 드러내는 것으로 생각되었던 모양이다. 한 작품이 한 비평가에 의해 세 번이나 글 가운데서 다루어지고 그것에 대한 평가가 그 시인의 시에 대한 긍정적 평가의 대표적인 예가 되었다면 그 작품과 그 비평가와의 관계는 설사 그것이 공적인 것이라 하더라도 보통의 관계는 아니다. 그러니 나와 이 작품과의 관계는 특별하다고 할 만도 하다.

나는 이 시인의 시도 좋아하지만 그의 사람됨 또한 좋아한다. 내가 그를 처음 만난 것은 그가 《문학예술》을 통해 등단한 1956년 가을 아니면 그 다음 해 봄 무렵 대구에서였다. 그가 추천을 받은 작품인 〈교외〉의 조숙한 시풍에 감명을 받았던 나와 당시 경북대 의

과대학생이었으며 그와 동갑내기로 같은 문예지에 추천된 신인이 었던 허만하는 그를 백년지기처럼 반갑게 맞이했고, 그후 근 반세 기 동안 우리는 변함없는 우정을 나누고 있다. 그러나 그는 솔직히 말해 특별한 매력이 있는 사람은 아니다. 그는 말수가 적고 말소리 가 나직나직한 겸손하고 다분히 소극적인 사람이다.

게다가 근년에 들어 그는 건강도 좋지 않아 좀처럼 만날 기회도 없고 또한 작품활동도 뜸해졌다. 그러나 간혹 그는 전화를 걸어 와 서로 음성을 나누게 된다. 일전에는 우연히 그의 근황을 간접적으 로 접할 기회가 있었는데 '역시 그답구나' 하고 생각할 만한 이야 기가 있었다. 그것은 그가 이번에 일정한 수입이 없는 문인에게 주 어지는 연 천만 원의 문예진흥기금을 배당받게 되었는데도 연도 말 에 제출하게 되어 있는 시집 한 권 분량의 신작시를 써 낼 자신이 없어 사양했다는 이야기였다.

보통 사람 같으면 좋다고 받고 볼 특전을 그것에 따르는 의무 조 항을 생각하여 사양하는 그의 겸허함은 요즘 세상에서는 거의 감동 적이라 할 만하다. 그의 건강을 고려하여 의무 조항을 다소 완화하 는 조건으로 그가 그것을 수락하게는 되었다지만 이러한 겸허함 내 지는 소극성 때문에 그는 그간 문단이나 출판계에서도 부당하게 소 외당한 혐의가 없지 않다.

오늘날의 젊은 세대의 시인들 사이에 그의 이름이 어느 만큼의 무게를 지니고 있는 것인지도 의문이지만 지난 1991년 가을에 나온 〈미래사〉의 《현대시인백인선》에 그가 빠진 것을 보고 나는 놀라기도 했고 실망도 했다. 다행히 1998년 초에 〈창작과비평사〉가 그의 시선집 《풀잎》을 냄으로써 그는 뒤늦게나마 억울함을 면한 셈이 되었다.

세상의 명리(名利)에서 멀찌감치 물러서서 자기의 페이스를 지키면서 심심찮게 수작(秀作)을 보여 준 박성룡 시인! 그는 우리 현대시에 몇 편의 명편(名篇)을 보탠 우수한 시인으로 이 땅에 진정한 시의 잣대가 존속하는 한, 길이 눈이 있는 독자와 비평가의 사랑을 받고 그들에 의해 기억될 것이다.

시에서
의미를 벗긴다

이 시는 나에게 하나의 계시처럼 다가왔다.
과장이 아니다. 그때의 나의 실감을 말했을 뿐이다.
나는 나의 무의미 시의 출발점에
김종삼의 〈북치는 소년〉을 두게 되었다.
여기서부터 60년대 후반부터의 나의 시는 출발한다.

김종삼─북치는 소년

김춘수

1922년 경남 충무 출생이다. 시집으로는 《구름과 장미》, 《늪》, 《부다페스트에서의 소녀의 죽음》, 《서서 잠자는 숲》 등이 있으며, 평론집 《한국현대시 형태론》, 《시의 이해》 등 이외에도 다수의 저서가 있다. 한국시인협회상, 대한민국예술원상, 대산문학상, 청마문학상 등을 수상한 바 있으며 현재 예술원 시 회원이다.

북치는 소년

김종삼

내용 없는 아름다움처럼

가난한 아희에게 온
서양 나라에서 온
아름다운 크리스마스 카드처럼

어린 양들의 등성이에 반짝이는
진눈깨비처럼

86

시에서 의미를 벗긴다

인구(人口)에 회자(膾炙)되고 있는 시들 중, 이를테면 만해 한용운의 〈님의 침묵〉, 청마 유치환의 〈깃발〉, 김수영의 〈어느 날 고궁을 나오면서〉 등을 나는 좋아하지 않는다. 수사가 엉성하거나 문청(文靑)투이거나 하여 아마추어의 티를 벗지 못하고 있기 때문이다. 그리고 너무 서술에 치우쳐서 시적 뉘앙스를 깔아뭉개고 있기 때문이다. 이 경우는 메시지가 너무 표면에 떠 있다. 앞의 예로는 만해와 청마의 것들이 해당될 것이고, 뒤의 예로는 김수영의 것이 해당될 것이다.

만해의 〈님의 침묵〉에는 "날카로운 첫키스"와 같은 대목이 있다. 한참 생각해 봐도 그 내용이 잘 파악되지 않는다. "키스"와 "날카로운"의 연결은 몹시 초점을 흐리게 한다. 시적 몽롱성과는 관계가 없다. 미숙함의 노출일 뿐이다. 청마의 〈깃발〉에는 "노스텔지어의 손수건"이란 대목이 있다. 낯간지러운 수사다. (그리고 통속적이다.) 문청의 티가 묻어 있다. 김수영의 경우는 철저히 시적 뉘앙스를 무시하고 있다. 메시지 전달에 급급한 나머지 그렇게 되지 않았나 싶다. 메시지가 시를 죽이고 있는 전형적인 예라고 해야 하리라.

60년대에 들어서자 나는 위와 같은 시들을 멀리하게 되었다. 따라서 그들과는 거리가 먼 경향과 솜씨를 드러낸 시들을 좋아하게 되고 내 스스로도 그런 쪽으로 시를 쓰게 되었다. 그럴 무렵 내 눈에 띈 시가 김종삼의 시 〈북치는 소년〉이다. 이 시는 그때의 나에게는 하나의 계시처럼 다가왔다. 과장이 아니다. 그때의 나의 실감을 말했을 뿐이다.

　김종삼의 이 시는 의미를 배제한 시의 한 전형처럼 내 눈에는 보였다. 어떤 장면의 묘사가 있을 뿐이고 관념이 전연 눈에 띄지 않는다. 이런 따위 장면 묘사를 나는 '서술적 이미지'라는 이름으로 불러 보았다. 이미지는 보통 어떤 관념의 수단으로 쓰인다. 그러니까 비유가 된다. 그런데 김종삼의 이 시의 경우는 이미지가 그 자체로서 완결되고 있다. 즉 이미지가 순수하게 쓰이고 있다. 이미지의 수단성, 도구성을 벗어나고 있다. 이런 차원에서의 의미 배제의 시다.

　나는 나의 무의미 시의 출발점에 김종삼의 시 〈북치는 소년〉을 두게 되었다. 여기서부터 60년대 후반부터의 나의 시는 출발한다. 물론 나는 그 뒤로 한 두어 단계를 더 천착해 간 무의미 시를 쓰게 되었지만 말이다. 김종삼의 이 시와 함께 내가 잊지 못하고 있는 시가 하나 더 있다. 박용래의 〈저녁눈〉이다. 시적 뉘앙스의 차이는 있지만 이 시도 이미지를 순수하게 쓰고 있다. 의미(관념) 배제의 한 전형적인 예가 된다. 박용래의 시 〈저녁눈〉을 참고로 적어 둔다.

늦은 저녁 때 오는 눈발은 말집 호롱불 밑에 붐비다.
늦은 저녁 때 오는 눈발은 조랑말 발굽 밑에 붐비다.
늦은 저녁 때 오는 눈발은 여물 써는 소리에 붐비다.
늦은 저녁 때에 오는 눈발은 변두리 빈 터만 다니며 붐비다.

김종삼의 시보다 훨씬 더 감각적이다. 김종삼의 시는 훨씬 더 메타적인 요소를 간직하고 있다. 거듭 말하자면 그건 시적 뉘앙스의 차이다.

그 드물다는 굳고 정한
갈매나무

제 슬픔으로 누군가의 슬픔을 순하게 빨아들여
그 젖은 강을 건너가게 하는 이 시를
'슬픔의 산파'라고 불러도 좋으리라.

백석 — 남신의주 유동 박시봉방

나희덕

1966년 충남 논산에서 태어났으며, 연세대학교 국문과를 졸업하고 현재 동 대학원 박사과정에 재학중이다. 창현고등학교와 진명여자고등학교에서 교편을 잡았으며, 지금은 한신대·성공회대 등에 출강하고 있다. 1989년 《중앙일보》 신춘문예로 등단하였으며, 1998년 김수영문학상을 수상한 바 있다. 시집으로 《뿌리에게》, 《그 말이 잎을 물들였다》, 《그곳이 멀지 않다》가 있으며, 산문집으로 《반 통의 물》이 있다.

남신의주 유동 박시봉방 (南新義州 柳洞 朴時逢方)

백석

어느 사이에 나는 아내도 없고, 또,

아내와 같이 살던 집도 없어지고,

그리고 살뜰한 부모며 동생들과도 멀리 떨어져서,

그 어느 바람 세인 쓸쓸한 거리 끝에 헤매이었다.

바로 날도 저물어서,

바람은 더욱 세게 불고, 추위는 점점 더해 오는데,

나는 어느 목수네 집 헌 삿을 깐,

한 방에 들어서 쥔을 붙이었다.

이리하여 나는 이 습내 나는 춥고, 누긋한 방에서,

낮이나 밤이나 나는 나 혼자도 너무 많은 것같이 생각하며,

딜옹배기에 북덕불이라도 담겨오면,

이것을 안고 손을 쬐며 재 우에 뜻 없이 글자를 쓰기도 하며,

또 문밖에 나가지두 않구 자리에 누워서,

머리에 손깍지베개를 하고 굴기도 하면서,

나는 내 슬픔이며 어리석음이며를 소처럼 연하여 쌔김질하는 것이었다

내 가슴이 꽉 메어올 적이며,

내 눈에 뜨거운 것이 핑 괴일 적이며,

또 내 스스로 화끈 낯이 붉도록 부끄러울 적이며,

나는 내 슬픔과 어리석음에 눌리어 죽을 수밖에 없는 것을 느끼는 것이었다.

그러나 잠시 뒤에 나는 고개를 들어,

허연 문창을 바라보든가 또 눈을 떠서 높은 천정을 쳐다보는 것인데,

이때 나는 내 뜻이며 힘으로, 나를 이끌어가는 것이 힘든 일인 것을 생각하고,

이것들보다 더 크고, 높은 것이 있어서, 나를 마음대로 굴려가는 것을 생각하는 것인데,

이렇게 하여 여러 날이 지나는 동안에,

내 어지러운 마음에는 슬픔이며, 한탄이며, 가라앉을 것은 차츰 앙금이 되어 가라앉았고,

외로운 생각만이 드는 때쯤 해서는,

더러 나줏손에 쌀랑쌀랑 싸락눈이 와서 문창을 치기도 하는 때도 있는데,

나는 이런 저녁에는 화로를 더욱 다가 끼며, 무릎을 꿇어보며,

어느 먼 산 뒷옆에 바우섶에 따로 외로이 서서,

어두워 오는데 하이야니 눈을 맞을, 그 마른 잎새에는,

쌀랑쌀랑 소리도 나며 눈을 맞을,

그 드물다는 굳고 정한 갈매나무라는 나무를 생각하는 것이었다.

그 드물다는 굳고 정한 갈매나무

　한 번도 밟아 보지 못한 땅이지만, 이 시를 읽고 있으면 남신의주 유동이라는 마을에 사는 박시봉이라는 목수네 집이 눈에 선하고, 그 집 한켠에 헌 삿을 깐 춥고 누추한 방에서 저녁 무렵 불을 붙이고 있을 시인 백석의 모습이 손에 잡힐 듯하다.

　한 편의 좋은 시는 이렇게 멀고 아득하고 이미 오래전에 흘러가 버렸을 어떤 간절한 순간을 눈앞에 오롯이 되살려 놓는다. 그리고 그 방으로 나를 데려가 나로 하여금 그 방을('방에서'가 아니라) 살게 한다.

　백석처럼 가족도 집도 잃어버리고 객지에서 떠도는 신세는 아니라 해도, 살다 보면 "나 혼자도 너무 많은 것같이" 여겨지는 저녁이 내게도 찾아오곤 한다.

　그런 막막함이 와락 찾아드는 때면 나 역시 이 시처럼 "문밖에 나가지두 않구 자리에 누워서, / 머리에 손깍지베개를 하고 굴기도 하면서, / 나는 내 슬픔이며 어리석음이며를 소처럼 연하여 쌔김질 하는 것이었다."

　이런 슬픔의 되새김질이 어느 정도 지나가고 나서야 비로소 나를 번데기처럼 품고 있던 그 방의 천장과 창문이 눈에 들어오고, 창가에 부딪쳐 오는 수많은 소리들을 듣게 되는 것이다. 그런 순간마다

이 시는 얼마나 내 마음을 많이 일으켜 주었는지 모른다. 제 슬픔
으로 누군가의 슬픔을 순하게 빨아들여 그 젖은 강을 건너가게 하
는 이 시를 '슬픔의 산파'라고 불러도 좋으리라.

기억을 돌이켜 보면 나에게도 '남신의주 유동 박시봉방' 같은 방
이 하나 있다. 4, 5년 전쯤 어느 바닷가 근처를 혼자 헤매고 다니다
가 날이 저물어 방을 구하러 다닌 적이 있다. 그런데 피서철이라
불야성을 이룬 거리 어디에도 고단한 내 몸과 마음을 눕힐 방 한
칸이 남겨져 있지 않았다. 민박촌을 한참 벗어난 외딴 마을에 도착
했을 때는 이미 주위는 깜깜해지고 한 걸음도 더 걸을 수 없을 만
큼 지쳐 있었다. 할 수 없이 어느 허름한 농가의 짐을 넣어 두는
골방을 얻어 들었다.

그 방은 얼마나 좁은지 1인용 요를 깔고 나니까 바닥이 꽉 찼다.
때문은 이불을 덮고 좁고 낯선 방에 누워 있자니 마치 무덤이나 관
속에 내 몸이 쏙 들어와 있는 기분이었다. "잘 자기 위해서는 큰
방에서 자지 말아야 하고, 잘 일하기 위해서는 골방에서 일하지 말
아야 한다"는 바슐라르의 말도 있지만, 존재의 자리란 좁을수록 내
밀(內密)해지는 모양이다. 무거운 마음의 짐을 지고 왜 그토록 먼
곳으로 스스로를 끌고 왔는지, 그 방에 이르러서야 나는 내 슬픔이
분만될 순간이 다가왔음을 직감했다. 툭, 양수가 터지듯 근원을 알
수 없는 눈물이 얼마나 흐르고 나서일까, 눈앞이 천천히 맑아져 왔

다. 그러면서 어두운 허공 속에 떠오른 것은 "그 드물다는 굳고 정한 갈매나무" 한 그루였다. 백석의 시에서처럼 잎을 다 떨군 갈매빛 나무가 아니라 작지만 잎을 풍성하게 달고 있는 나무였다. 갈매나무를 한 번도 본 적이 없지만, 나는 그 푸른 빛을 갈매나무라고 의심없이 받아들였다. 그처럼 갈매나무란 깊이 울고 난 눈동자에만 잠시 어른거리다 사라지는 나무가 아닐까 생각해 보기도 했다.

그후로 여행을 떠날 때마다 안락한 잠자리보다는 후미진 여인숙이나 싸구려 민박집에 즐겨 들었던 것은 그 여름의 마굿간과도 같은 방을 잊지 못해서일 것이다. 슬픔을 분만하기에 넓고 화려한 방은 어울리지 않는다. 여행을 떠나는 것 자체가 아름다운 풍광(風光) 속에서 쉬기 위해서라기보다는 낯선 방 속에 스스로를 눕히기 위해서인지도 모른다. 그리고 그 낯섬 속에는 물론 약간의 누추함이나 외로움도 포함되어 있는 게 좋다. 낯선 방에 누군가 남겨 놓고 간 낙서나 종잇조각, 베갯잇에 묻어 있는 머리카락 같은 것을 통해 연민을 느끼기도 하고 오래 잊고 살아온 언젠가의 나를 만나기도 하기 때문이다. 이처럼 춥고 누추한 방은 인간을 겸허하게 만드는 힘을 가지고 있다.

그렇지만 우리의 삶이 늘 궁색하기만 하다면 견디기 어려울 것이다. 반대로 늘 따뜻하고 안락하기만 한 삶 또한 찾아보기 어려운 게 사실이다. 또한 인간은 자신의 근원으로 돌아가 보는 존재의 방이 필요하지만, 동시에 누군가의 무엇이 되어 자리를 채우고 살아야 할 생활인이기도 하다. 그렇다면 중요한 것은 그 막다른 방과 열려진 공간 사이의 적절한 균형을 찾으며 사는 일일 것이다. 다만 사는 동안 옷에 먼지가 묻듯 슬픔이 따라붙는 일을 피할 수 없다면, 슬픔을 슬픔 이상의 것으로 바꾸는 내밀한 장소와 시간을 가질 필요가 있다. 〈남신의주 유동 박시봉방〉은 그런 슬픔의 되새김질 끝에 마침내 앙금처럼 남겨진 자기긍정을 잘 보여 준다.

궁벽함 속에서 간신히 건져 올린 자기긍정이란 값싼 위안이나 화해가 아니다. 그것은 "내 뜻이며 힘으로, 나를 이끌어 가는 것이 힘든 일인 것을 생각하고, /이것들보다 더 크고, 높은 것이 있어서, 나를 마음대로 굴려가는" 어떤 섭리 앞에 무릎 꿇는 것이다. 그렇게 스스로를 부정해 본 사람만이 크고 높은 긍정에도 도달할 수 있지 않을까 막연하게나마 짐작해 본다. 아마도 싸락눈처럼 응결된 정신의 결정을 얻기 위해 우리는 번번이 슬픔의 바다에 스스로를 밀어 넣었던 게 아닌가 싶다.

그러면 그 싸락눈은 어떤 소리로 존재의 창을 두드리는가. "쌀랑쌀랑 싸락눈이 와서"라는 구절을 몇 번이나 입으로 읊조려 본다. 싸락눈이 문창에 조용히 싸르락거리는 소리 같기도 하고 갈매나무의 마른 잎이 싸락눈을 맞을 때 나는 소리 같기도 한 '쌀랑쌀랑'이라는 말이 내 마음에 닿아 오래 서걱거린다. 중첩되는 'ㅆ'과 나머지 유성음들이 만나 이루어지는 어감은 차가움과 따뜻함, 또는 슬픔과 맑음을 동시에 느끼게 한다. 대립되는 것끼리 부딪치고 밀어내는 소리가 아니라 말없이 서로를 받아들일 때 나는 소리. 바람에 물기 한 점 없이 잘 마른 존재들이 나직하게 주고받는 이야깃소리. 이 시는 바로 그 소리를 들려주기 위해 그렇게 많은 슬픔의 언어를 필요로 했었나 보다. 쌀랑쌀랑, 이것은 겨울 풍경에서 흘러나오는 소리일 뿐 아니라 슬픔을 정갈하게 가라앉힌 마음들이 내는 종소리 같은 것이다. 그 소리를 오래 듣고 있자니 싸락눈은 눈물이 얼어서 이루어진 것임을 알겠다. 창밖에는 어느새 저녁이 오고, 날씨가 약간 흐릿한 것이 또 누군가의 단단해진 슬픔이 쌀랑쌀랑 내 창문으로 들이칠지도 모르겠다.

〈황무지〉에서 만난
부활의 4월

그간 건성으로 스쳐 지나갔던 〈황무지〉를 다시
읽기 시작했다. 그간 몰랐던 시가 여름날 시원한
소낙비처럼 시원스레 전해져 오는 그 무엇이 있었다.
아무리 어려워도 이해하기에 따라 달라지는 시였다.
구원의 빛과 믿음과 신화의 세계가 거기에 있었다.

엘리어트 황무지

노향림

전남 해남 출생으로 중앙대 영문과를 졸업하였다. 1970년 《월간문학》 신인상 당선으로 데뷔하였다. 시집으로 《눈이 오
지 않는 나라》,《후투티가 오지 않는 섬》 등이 있으며, 대한민국문학상, 한국시협상을 수상했다.

황무지

엘리어트

4월은 잔인한 달

죽은 땅에서 라일락을 키워 내고

추억과 욕정을 뒤섞고 잠든 뿌리를 봄비로 깨운다.

겨울은 오히려 따뜻했다.

잘 잊게 해주는 눈으로 대지를 덮고

마른 구근(球根)으로 약자의 목숨을 대어 주었다.

슈타른버거 호(湖) 너머로 소나기와 함께 갑자기 여름이 왔지요.

우리는 주랑(柱廊)에 머물렀다가 햇빛이 나자 호프가르텐 공원에 가서

커피를 들며 한 시간 동안 얘기했어요.

–중략–

〈황무지〉中 '죽은 자의 매장'의 일부

〈황무지〉에서 만난 부활의 4월

엘리어트의 〈황무지〉. 이 시가 떠오르는 4월이 오거나 누군가 읊는 소리가 들리면 나는 나의 십대를 떠올린다. 죽은 땅에서 라일락을 키워 내고 추억과 욕정을 뒤섞고 잠든 뿌리를 봄비로 깨우는 4월이 잔인한 달이라고 여겼던 엘리어트의 시를 나의 십대엔 도무지 이해할 수 없었기 때문이었다. 감사한 달이고 신에게 감사해야 하는데 모든 자연과 사람과 시대를 엘리어트는 왜 가사(假死) 상태에 이르는 잔인한 봄이라고 했을까.

6·25 직후 올라온 서울은 너무도 황량했다. 친구도 없었고, 문학을 좋아했던 아버지의 서가에서 책을 뽑아 읽는 것이 나의 유일한 낙이었다. 〈을유문화사〉에서 나온 《세계문학전집》에서 《엘리어트 선집》을 뽑아 읽어 보았다. 도무지 알 수 없는, 어렵기만 한 장시 속에 "4월은 잔인한 달"이라는 한 소절만 읽고서 그만 덮어 버렸다. 하지만 '세계적 시인이어서 《세계문학전집》에 끼어 있는 거겠지' 하고 막연하게 짐작만 했었다.

가난하던 시절, 서대문과 마포에서 전전하다가 지금의 중앙대학교가 있는 흑석동에 자리잡고 살 때였다. 아버지는 먼 데에 있는 학교에 가지 말고 가까운 중앙대에 가라고 하셨고, 그리하여 나는 중앙대학교 영문과에 들어가게 되었다.

'영미 시인 연구'는 전공과목이었기 때문에, 입학하자마자 엘리어트의 〈황무지〉를 배우기 시작했다. 긴 장시는 반에서 몇 안 되는 여학생들에게 무척 어려웠다. 1년여에 걸쳐 배운 〈황무지〉는 그야말로 '황무지'였다. "5부로 나뉘어진 〈황무지〉의 제1부인 '죽은 자의 매장'을 아는 대로 쓰라"는 시험 제목이 학년말 시험으로 다가왔을 적만 해도 이 시가 좋은 줄은 하나도 몰랐었다. 아무리 이 시를 우리말로 해석해 놓아도 접근할 수 없는 금기와 한계를 너무 많이 느꼈는데, 바로 이러한 점이 이 시를 좋아하게 된 동기가 되었다.

지금은 아파트촌으로 꽉 들어찼지만, 중앙대로 들어가는 흑석동 왼편 입구는 온통 모래벌이었다. '명수대'라는 돌석탑 아래로 내려가는 오솔길을 걸어가면 모래사장이 나오고 이따금 보트 같은 똑딱선도 강물에 띄울 수 있는 곳이었다. 대학 1학년이 다 가고 그해 2월 봄방학이 끝나면 2학년이 되는 때였다. 음산한 겨울날씨는 눈이 올 듯 비가 올 듯 흐린 날이 많았었다. 언덕 아래로 내려가는 사람들 중에는 곡(哭)을 하기도 하고 거의 얼빠진 상태로 내려가는 이들이 있었는데, 하얀 장갑을 끼고 상자 속에 손을 넣고는 한 움큼씩 강물에 뿌리는 것이 있었다. 어느 때에는 매어 놓은 보트를 타고 나가서 이를 강물 한가운데에 뿌리기도 했다.

그때까지도 나는 그 의식을 이해하지 못했다. 사람이 죽으면 땅에 묻는 걸로나 인식하고 있었다. 화장을 해서 뼛가루를 강물에 뿌려 주고 있는 것을 몰랐었다.

6·25가 10년 남짓 지난 60년대에 어른들은 폐질환을 티비라고 명명하기도 했다. 전쟁과 기아와 공포가 지나면 으레 얻는 전염병이어서 그땐 많이 떠돌았었다. 잘 낫지도 않고 미군이 들여온 페니실린으로 균을 죽이다가 그 병으로 죽은 사람들은 대부분 화장을 해서 강물에 뿌리는 것이 예사였다.

그렇다면 화장장에 있어야 할 뼛가루를 아무런 제재 없이 그렇게 강물에 뿌리고 있는 것일까. 강하게 나의 눈에 들어온 그 장면이 아직도 눈에 선연하다. 무슨 부활을 믿는 것일까. 그 혼이, 그 정신이 살아 물처럼 흘러 다시 재생되라는 어떤 믿음일까.

엘리어트의 시가 다시 떠오르기 시작했다.

사람이 죽으면 땅에 묻는 습성을 신화적 세계로 끌어내어 장시를 쓴 엘리어트의 〈황무지〉가 그때 문득 떠올랐던 것.

엘리어트는 제1차 세계대전 직후 잡지를 창간하고 그 잡지 첫머리에 장시 〈황무지〉를 발표해서 '다이얼상'을 탔다. 황폐한 지식인의 절망을 토속신화에 의지해 참신한 형식으로 형상화했다는 평을 받은 때였다.

그간 건성으로 스쳐 지나갔던 〈황무지〉를 다시 읽기 시작했다. 그간 몰랐던 시가 여름날 시원한 소낙비처럼 시원스레 전해져 오는 그 무엇이 있었다. 아무리 어려워도 이해하기에 따라 달라지는 시였다. 구원의 빛과 믿음과 신화의 세계가 거기에 있었다. 그 믿음은 다시 생수 같은 〈황무지〉로 변해서, 옛날 사람들이 식물에도 신이 있다고 믿던 시절에 죽은 사람을 땅에 묻고 다시 살아날 것이라고 믿었던 그 신화의 세계로 다가온다.

"4월은 잔인한 달"로 시작하는 이 시가 "사람의 감정은 느끼기에 따라서 진실이다. 그리고 이성으로 다가오면 지혜와 용기를 잃지 않는다"고 가르쳐 주는 것이다.

그때를 떠올리며 나는 〈서쪽 하늘〉이란 시 한 편을 썼다. 당시에 폐를 앓던 사람들이 먹던 약 이름 히스트라짓이란 말을 써가며……

　　새소리들이 쌀톨처럼
　　서쪽 하늘에 흩어졌다.

　　고개를 쳐박고
　　하체를 흔드는
　　소리들.

　　그들을 보고 있으면
　　어린 날이 보인다.

빗줄기들이 발소리를 굴리며
어느 구름 끝에
뛰어다니는지

흐린 날
하늘 끝에서
폐를 부풀리는 나무

히스트라짓 냄새 가득한
바람이
햇볕이
하늘에 기대어 쓰러져 있고

누가 그걸 일으켜 세우는지
서쪽으로
하얗게 삭아서 날이
저문다.

나무들이
뚫린 입으로

가득 저녁을 물고

같이 삭는 소리.

그 잔인하다는 4월에 쓴 시다.

나를 지켜 준
온몸의 목소리

나는 〈눈〉을 읽어 가면서 큰 충격을 받았다.
아주 단순한 시였지만 시인의 당찬 목소리가
내 귀를 울리는 것이었다. 시를 읽고 나서
나도 모르게 중얼거렸다. 기침을 하자, 기침을 하자,
젊은 시인이여 기침을 하자······

김수영 — 눈

맹문재

1963년 충북 단양에서 출생하여 고려대 국문과와 동 대학원에서 공부했다. 1991년 《문학정신》으로 등단하여 시집 《먼
길을 움직인다》, 번역집 《포유동물》, 저서 《한국 민중시 문학사》, 편저 《한국 현대 대표시선》 등이 있다. 현재 경희대 등
에서 강의하고 있다.

눈

김수영

눈은 살아 있다
떨어진 눈은 살아 있다
마당 위에 떨어진 눈은 살아 있다

기침을 하자
젊은 시인이여 기침을 하자
눈 위에 대고 기침을 하자
눈더러 보라고 마음놓고 마음놓고
기침을 하자

눈은 살아 있다
죽음을 잊어버린 영혼과 육체를 위하여
눈은 새벽이 지나도록 살아 있다

기침을 하자
젊은 시인이여 기침을 하자
눈을 바라보며
밤새도록 고인 가슴의 가래라도
마음껏 뱉자

나를 지켜 준 온몸의 목소리

B-23호. 경북 포항시 인덕동 인덕주택 B-23호. 나는 아마 평생 동안 그곳을 잊지 못할 것이다. 내 20대가 고스란히 담겨 있는 곳. 나는 그곳에서 야간근무를 하며 제철소에 다녔고 우울한 앞날을 증오하며 술을 마셨다. 그곳에서 첫사랑의 편지를 띄웠고 이별의 편지도 받았다. 그리고 나를 지키기 위해 시를 쓰기 시작했다.

지금 생각해 보면 제철소와 도로 하나를 사이에 두고 형성된 사택(社宅)으로 A, B, C, D 등의 동(棟)과 다시 1, 2, 3, 4, 5 등의 호(號)로 나뉘어진 그곳은 단조롭고 허름하기 짝이 없을 것이 분명하다. 그러나 내겐 짚가리 속같이 아늑한 곳이다. 골목에 내리쬐던 따스한 햇살, 야근하고 돌아와 잠자는 남편의 잠을 방해하지 않기 위해 대문 밖에 옹기종기 모여 앉아 수다를 늘어놓던 아주머니들, 우르르 자전거를 타고 출근하고 퇴근할 때 또 몰려나오던 황색 옷차림의 노동자들, 그들의 안전모와 안전화······.

나는 B-23호에 방을 얻어 놓고 이웃집에서 식사를 해결하고 있었다. 결혼하지 않은 많은 사원들은 제철소가 마련해 준 독신자 기숙사에서 지냈지만, 하숙 내지 자취를 하거나 나의 경우처럼 잠자는 곳과 식사하는 곳을 따로 둔 사람들도 있었다. 독신자 기숙사에 있으면 경제적인 면에서는 유리했지만 한 방에 몇 명씩 함께 생활

해야 했기 때문에 개인생활을 하기에는 불편했던 것이다.

B-23호의 이웃에, 아마 B-17호이던가, 고등학교 친구가 나와 같은 생활을 하고 있었다. 그 친구는 학교 다닐 때부터 시에 관심이 많아 나와 이야기 상대로 지내왔는데, 제철소에 다니는 동안에도 서로 근무조건은 달랐지만 시간을 내서 퇴근 후나 저녁식사를 끝낸 뒤 곧잘 어울렸다. 친구가 사는 방엔 조립용 옷장과 책상 하나, 텔레비전, 물주전자와 냄비를 비롯한 몇 가지의 세간, 퀴퀴한 발냄새……. 나의 방도 아마 그러했으리라.

우리는 그 방에서 라면을 끓여 먹고 바둑을 두고 소주를 마시고 그리고 세상 돌아가는 얘기를 했는데, 늘 끝에 가서는 자조적인 신세타령이었다. 우리는 그때 대학을 가지 못했다는 사실에 주눅 들어 있었고, 힘든 작업조건에 불만투성이었고, 안전사고 당한 동료를 동정하며 안쓰러워하고 있었다. 정말 앞이 보이지 않는 날들이었다.

우리는 대학 진학의 계획을 세우기도 했고 공무원 시험을 보려고도 했지만, 아침 7시까지 출근, 오후 3시까지 출근, 오후 11시까지 출근 등 닷새마다 바뀌는 3조 3교대 근무와 한 달에 하루밖에 쉴 수 없는 근무여건에 그만 흐지부지되고 말았다. 시에 대해서도 마찬가지였다. 신춘문예나 유수한 문학지의 신인상이 발표될 때마다 그 작품을 통해 배우려고 하지 않고 그저 '이 정도는 나도 쓴다'라고 흠만 잡을 뿐이었다.

그러던 어느 날, 나는 그 친구 방에서 김수영의 〈눈〉을 읽었다. 그 친구는 이미 외웠는지 술술 암송을 하며 내게 시를 보여 주었다. 나는 김수영의 시사적 위치와 그의 〈풀〉에 대해서는 대충 알고 있었지만, 그의 시를 집중적으로 읽은 적이 없었기 때문에 사실 잘 모르고 있었다. 그리하여 나는 호기심을 가지고 〈눈〉을 읽었는데, 읽어 가면서 큰 충격을 받았다. 아주 단순한 시였지만 시인의 당찬 목소리가 내 귀를 울리는 것이었다. 시를 읽고 나서 나도 모르게 중얼거렸다. 기침을 하자, 기침을 하자, 젊은 시인이여 기침을 하자……

나는 그후 김수영의 전집을 사서 읽었다. 시를 읽어 가면서 이해할 수 없는 작품도 솔직히 많았지만 나는 시 쓰기에 강한 자신감을 가졌다. 이전에 생각하고 있던 좋은 시의 기준으로부터 과감히 벗어날 수 있었던 것이다. 즉, 이전에는 좋은 시란 참신한 비유나 상징 등 형식적인 면만을 중요하게 생각했었는데 김수영의 시를 읽고 나서는 달리 생각하게 되었다. 시가 나의 생활과 동떨어져 존재하는 어떤 것이 아니라 바로 내 생활 속에 있다는 사실과, 시를 쓰는 데 있어서 가장 필요한 것은 시 형식의 탐구보다도 치열한 내용, 즉 '시 정신'이라고 나름대로의 시 창작론을 가지게 된 것이다.

나는 시를 쓰면서 나의 주체성을 지킬 수 있었다. 내가 기침을 해야 하는 이유가 무엇인가, 내가 누구를 위해 기침을 해야 하는가 등을 자연스럽게 생각한 것이다. 책과 신문을 보면서도, 기름 묻은 작업복을 입고 공장에서 작업을 하면서도, 그리고 사람들을 만나 이야기를 하면서도 의연해질 수 있었다. 이전처럼 사소한 일에 짜증을 부리지 않았고, 뿌연 앞날에 불안해하지 않았고, 다른 사람의 눈치를 보지 않고 내가 옳다고 생각한 것을 말할 수 있었다. 당사자가 없는 자리에서는 남의 흉을 보지 않을 정도로까지 나의 생활은 바뀐 것이다.

내가 그러한 변화를 갖게 되었을 즈음, 나는 벌써 서른을 바라보고 있었다. 친구들은 하나둘씩 결혼을 하고 집을 장만하느라고 분주하였다. 나는 그러한 모습을 볼 때마다 나도 현재의 삶에 만족하고 보금자리를 꾸밀까, 생각했다. 그러나 나는 기침을 해야 하는 목표를 포기하고 싶지 않았다. 나는 정말 사회적 존재로서 기침을 하는 역할을 하고 싶었던 것이다. 그리하여 나는 스물아홉의 나이에 B-23호를 떠났다.

나는 서울에 올라와 내가 희망했던 공부를 했고 시인이 되었다. 내가 원했던 시집을 출간했고 문학사도 정리했다. 나는 가끔씩 시 쓰는 일이 너무 괴롭고 힘들다고 하는 말을 주위의 시인들로부터 듣는다. 그것은 사실일 것이다. 나도 그런 적이 많기 때문이다. 그러나 꼭 그렇지만은 않다. 나는 시 쓰는 일을 즐겁게 여기고 있는 것이다. 만약 시를 쓰지 않았다면 나는 나의 주체성을 살리지 못했을 것이다. 낮은 곳에서 들리는 소리를 듣지 못했을 것이고, 사물이나 상황을 응시하지 않고 그냥 지나쳤을 것이고, 시대의 흐름에도 관심을 갖지 않았을 것이다. 그리고 "죽음을 잊어버린 영혼과 육체를 위하여", "새벽이 지나도록 살아 있"는 눈의 정신을 품지 못했을 것이다. 나는 지금도 한 편의 시를 쓰는 데에 있어서 습작기와 같은 자세로 힘들게 퇴고 과정을 갖지만, 시 쓰는 일이 살아 있는 "눈"의 정신을 간직하는 것이기에 힘든 과정에서도 즐거워하고 있다.

B-23호. 나는 10년이 넘도록 그곳에 가 보지 못하고 있다. 들리는 말에 의하면 그 사택들이 모두 헐리고 고층 아파트가 들어섰다고 한다. 내가 보금자리로 간직하고 있는 그곳이 온데간데없고 고층 아파트가 숲을 이루고 있을 것을 생각하면, 그저 아쉽고 쓸쓸하다. 나의 보금자리가 사라졌음을 실제로 확인하는 순간, 그 실망감이란……. 그곳에 갈 용기가 나지 않는다. 그러나 회피해서는 안 될 것이다. 나는 의연해야 한다. 언제 시간을 내서 찾아가 보자. 그리고 그 자리에서 다시 중얼거리자. 내 영혼의 목소리로, 시인이여 기침을 하자.

눈부신 슬픔, 뭉클한 절창

　〈푸르른 날〉은 다시 나에게 눈부신 슬픔으로
다가와 폭우가 쏟아지던 밤보다 더 뭉클하고 아린
감동으로 이제 막 단풍이 들어 가는 나를 사로잡았다.

서정주 ― 푸르른 날

문정희

1947년 전남 보성 출생으로, 동국대 국문과 및 동 대학원과 서울여대 대학원을 졸업하였다. 1969년 《월간문학》 신인상
으로 등단하였으며, 시집으로 《혼자 무너지는 종소리》, 《찔레》, 《남자를 위하여》 등과, 시선집 《우리는 왜 흐르는가》, 《어린
사랑에게》 등이 있다. 수필집으로는 《당당한 여자》, 《젊은 고뇌와 사랑》 등이 있으며 소월시문학상, 현대문학상을 수상했
다.

푸르른 날

서정주

눈이 부시게 푸르른 날은
그리운 사람을 그리워 하자

저기 저기 저, 가을 꽃 자리
초록이 지쳐 단풍 드는데

눈이 나리면 어이 하리야
봄이 또오면 어이 하리야

내가 죽고서 네가 산다면!
네가 죽고서 내가 산다면?

눈이 부시게 푸르른 날은
그리운 사람을 그리워 하자

눈부신 슬픔, 뭉클한 절창

　왜 그랬을까? 불면증이 있어 밤이면 쉽게 잠들지 못하는 내가 그날 밤엔 초저녁부터 깊은 잠에 빠져 있었다.

　그래서 몇 시나 되었는지 알 수 없는 시간이었다. 나는 아득한 심연으로부터 울려 오는 전화벨 소리에 잠을 깼다.

　깊은 밤에 울리는 전화벨 소리는 다소 불길하고 긴장된 어조를 띠게 마련이지만 이상하게도 그날 밤의 전화는 그렇지 않았다.

　나는 반사적으로 수화기를 들었다.

　"아니, 이런 밤에 시인이 잠을 자고 있어요?"

　수화기 저쪽에서 적이 실망한 목소리가 나의 잠을 밝게 깨워 버렸다.

　"이런 밤이라니요?" 나는 누군가를 확인할 겨를도 없이 이같이 반문했다.

　"창문을 열어 보세요. 폭우가 쏟아지고 있어요."

　정말 그랬다. 온 대지가 기쁨의 단비에 젖고 있었다. 그 동안 계속되는 가뭄으로 전국의 농토는 검게 타들어 갔고, 그래서 이미 거북의 등처럼 갈라진 논바닥을 원망스럽게 바라다보고 있는 농부의 사진이 오늘 아침에도 신문 1면에 크게 실려져 있었다.

　그런데 지금 축복처럼 활기찬 빗줄기가 온 대지를 적시고 있는 것이었다.

그러나 뒤이어 전화 속의 목소리는 더 기쁜 소식 하나를 나에게
전했다.

서정주 시인의 시 〈푸르른 날〉에 곡을 붙이는 일이 드디어 완성
이 되었다는 것이었다.

나는 허겁지겁 시계를 올려다보았다.

시간은 이외로 밤 9시를 조금 넘기고 있었다.

나는 그날 밤 서정주의 시 〈푸르른 날〉을 나와 동갑내기인 가수
로부터 처음으로 노래로 들었다.

　눈이 부시게 푸르른 날은
　그리운 사람을 그리워 하자

　저기 저기 저, 가을 꽃 자리
　초록이 지쳐 단풍 드는데

숲에서는 굵은 빗방울이 후두둑 떨어졌지만 그의 노래는 계속되
었다.

숲길에는 마침 행인이 뜸했고 우산을 받고 선 그 유명가수의 목
소리는 아름답게 떨리고 있었다.

눈이 나리면 어이 하리야
봄이 또오면 어이 하리야

이상했다. 거칠게 쏟아지던 폭우가 잠시 거짓말처럼 멈추었다.
그의 열창은 빨라졌다. 요란한 반주가 없는데도 노래는 비가 지
나간 숲길에 내린 밤안개와 너무도 잘 어울렸다.

내가 죽고서 네가 산다면!
네가 죽고서 내가 산다면?

눈이 부시게 푸르른 날은
그리운 사람을 그리워 하자

나는 한동안 아무 말도 하지 않았다. 이미 미당의 시는 나에게
단순히 감동의 대상이 아니었다.
그의 모든 시는 내게 너무 익숙했고 아울러 내 인생과 학문의 주
텍스트이기도 했다.
나는 이런 생각도 가지고 있었다. 미당의 시는 시 자체가 가지고
있는 운율이 너무 강렬하고 독특하여 누가 감히 거기에 곡을 붙일
수 있을까 하는 생각이었다.

하지만 그 탁월한 가수는 그 시에 곡을 붙였고 나는 그 노래를 만난 첫 번째 사람이 된 것이었다.

미당에게 그 가수를 소개했던 나는 오랜 가뭄 끝에 폭우 내리던 밤의 그 차갑고 아름다웠던 숲속의 노래를 나의 생애 속에 깊이 각인했다.

아직도 우리가 너무 젊었던 어느 초여름 밤에 일어난 일이었다.

젊은 날의 나는 소위 "청년문화"의 논쟁이 한창일 때 한 신문사의 좌담(座談)의 자리에서 몇몇 젊은 친구들을 만났다.

생맥주, 통기타, 청바지로 대변되는 우리들 젊은 세대의 논쟁은 70년대의 기수였던 한 작가로부터 시작되었었다.

(그렇다. 우리는 그때 젊은이들이었고 각자의 분야에서 장래가 촉망되는 신인이었다.)

우리는 좌담보다는 사담(私談)을 더 많이 나누었다.

그런데 그날 신문사에서 만난 그 가수는 한마디로 시가 무엇인가를 아는 가수 같았다. 기실 그는 이미 좋은 작곡으로, 좋은 노랫말로, 그리고 빼어난 노래로 아주 유명해져 있었다.

"당신은 누구시길래 이렇게 내 마음 깊은 자리에 찾아와 촛불 하나 켜 놓으셨나요."

나는 뜻밖에 그가 미당 서정주 시인의 영향을 많이 받았노라고 고백하는 것을 들었다. 중학교 3학년 때인가, 문학의 밤에 오신 서정주 시인이 시를 잘 쓰는 법을 강연하셨는데 누군가 그리울 때면 그냥 그립다고 바로 말해 버리지 말고 다른 말로 그 간절함을 표현해 보라고 했다는 것이다.

그는 그 한마디가 지금까지도 자기가 작사를 할 때 가장 중요하게 생각하는 작법이라고 했다.

나는 그의 특청(特請)을 받아들여 그날로 그를 미당 시인에게 소개했다.

마침 지금은 내과의가 된 미당 시인의 막내인 서윤 군이 그때 기타를 아주 잘 쳤는데 그의 연주 가운데 압도적으로 많은 곡이 바로 그 가수의 것이었기 때문에 미당도 그를 몹시 반가워했다.

우리는 그날 밤 사모님께서 손수 지어 주신 저녁밥상에 둘러앉아 전라도 토산인 큼큼한 곰배젓이라는 젓갈을 맛보며 즐거운 저녁을 보냈었다.

물론 미당 선생님은 그 가수에게 당신의 시 〈푸르른 날〉의 작곡을 기꺼이 허락해 주셨음은 말할 것도 없다.

그 곡은 그후 많은 사람들이 사랑하는 노래가 되었다.

그래서일까. 웬일인지 나는 〈푸르른 날〉에서 마음이 떠나 버렸다.

내가 사랑했던 미당의 이 아름다운 시 〈푸르른 날〉은 세상에서 제일 먼저 그 유명가수의 육성을 통해 폭우가 잠시 그친 숲길에서 나를 기쁘게 한 후에 곧바로 나를 떠나서 이제 만인의 사랑 속으로 흘러간 것이었다.

사실 미당의 시 가운데 단 한 편만을 골라 유별한 사랑을 쏟는다는 것은 나로서는 거의 불가능에 가까운 일이다.

그의 시 어느 것 하나가 눈부신 절창(絶唱)이 아닌 것이 있었던가.

나는 그의 〈문둥이〉를, 〈부활〉을, 〈꽃밭의 독백〉을, 그리고 〈자화상〉을, 〈무등을 보며〉를, 〈수대동 시〉를 숨결처럼 떠올리며 살아가고 있다.

그런데 그 〈푸르른 날〉이 다시 절창이 되어 내 가슴을 때리는 날이 왔다.

나는 강원도를 여행하고 있었다. 사방에 짙어 가는 단풍을 보며 "초록이 지쳐 단풍 드는데……"라는 시구(詩句)를 떠올리고 있었다.

미당 말고 세계의 어느 시인이 단풍을 두고 "초록이 지쳐 단풍 드는데"라고 노래할 수 있으랴.

그리고 문득 걸려온 전화에 나는 여행을 중단하고 급히 서울로 돌아왔다.

미당 선생님의 사모님께서 돌아가신 날이었다.

사모님이 땅에 묻히던 날, 나는 깡마른 미당 선생님 곁에서 〈푸르른 날〉을 읊으며 아리고 매운 가슴을 달랬다.

눈이 부시게 푸르른 날은

그리운 사람을 그리워 하자.

저기 저기 저, 가을 꽃 자리
초록이 지쳐 단풍 드는데

눈이 나리면 어이 하리야
봄이 또오면 어이 하리야

내가 죽고서 네가 산다면!
네가 죽고서 내가 산다면?

그러나 끝 구절을 마저 외지 못하고 나는 소리를 죽이고 말았다.
내가 죽고서 네가 산다면!…… 네가 죽고서 내가 산다면?……
이제 선생님은 "네가 죽고서" 혼자 남으셨다(그후 선생님도 곧
떠나가셨다).
〈푸르른 날〉은 이렇게 다시 나에게 눈부신 슬픔으로 다가와 폭우
가 쏟아지던 밤보다 더 뭉클하고 아린 감동으로 이제 막 단풍이 들
어 가는 나를 사로잡았다.

사춘기 때의 가슴 아픈
짝사랑

첫 연에서부터 이영도 여사를 그리워하며 편지를 써 보낸
청마 선생의 마음과 그 여학생에게 거의 매일이다시피
편지를 보내는 내 마음이 일치한다는 것을 느끼게 만든
이 시는 한동안 나의 유일한 애송시가 되었다.

유치환 _ 행복

서원동

1950년 경남 창녕에서 태어나 대구대 교육학과를 졸업했다. 《국제신문》 사회부 기자로 출발했으나 1980년 강제해직당한
뒤 《엔터프라이즈》 편집장, 《부산매일신문》 논설위원 등을 역임했으며, 지금은 《21세기문학》 편집주간으로 있다. 1977
년 《문학과지성》을 통해 문단에 등단. 시집으로 《우리들의 왕》, 《꿈속에서 꾸는 꿈》 등이 있으며, 저서로 재계인물 르포
집인 《대권(大權)》 등이 있다.

행복

유치환

─사랑하는 것은
사랑을 받느니보다 행복하나니라
오늘도 나는
에메랄드빛 하늘이 환히 내다뵈는
우체국 창문 앞에 와서 너에게 편지를 쓴다

행길을 향한 문으로 숱한 사람들이
제각기 한 가지씩 생각에 족한 얼굴로 와선
총총히 우표를 사고 전보지를 받고
먼 고향으로 또는 그리운 사람께로
슬프고 즐겁고 다정한 사연들을 보내나니

세상의 고달픈 바람결에 시달리고 나부끼어
더욱더 의지 삼고 피어 헝클어진 인정의 꽃밭에서
너와 나의 애틋한 연분도
한 망울 연연한 진홍빛 양귀비꽃인지도 모른다

─사랑하는 것은

사랑을 받느니보다 행복하나니라

오늘도 나는 너에게 편지를 쓰나니

―그리운 이여 그러면 안녕

설령 이것이 이 세상 마지막 인사가 될지라도

사랑하였으므로 나는 진정 행복하였네라

사춘기 때의 가슴 아픈 짝사랑

　　이제야 고백하건대, 내가 글을 긁적이게 되고, 그것을 밑
천으로 오늘날까지 먹고 살게 된 동기는 어느 여학생에 대한 짝사
랑 때문이었다. 같은 동네 맞은편 집에 살던 그 여학생은 보고만
있어도 내 온몸과 마음이 황홀하도록 예뻤고 청순했다.

　경북 청송이라는 심심산천(深深山川)에서—그 여학생이 살던
35, 6년 전의 그곳은 먼지를 폴폴 날리는 비포장도로에 버스가 하
루 한두 대 다닐까 말까 한 벽촌이었다고 한다—도시로 이사를 온
그 여학생은 시를 아주 좋아한다는 것이 그녀와 한집에 사는 그녀
의 사촌오빠인 내 친구의 말이었다. 그 얄팍한 정보를 바탕으로 나
는 시집을 닥치는 대로 구해 읽고 외우며 모사품을 노트에 적어
나갔다. 그것은 단지 내가 시를 잘 쓰면 그녀가 나를 좋아하게 될
것이라는 순진하기 짝이 없는 발상 때문이었다. 그때가 내 나이
열다섯 살, 까까머리 중학 2학년 봄이었고, 그 여학생은 중학교 1
학년이었다.

　한 반년쯤 지나자, 시가 되는지 뭔지도 정확히 모르면서 그렇게
긁적여 놓은 게 노트 한 권 분량이나 되었다. 그 중에서 내가 보건
대 가장 잘된 놈을 한 편 골라냈다. 그리고는 며칠 동안 수십 장의
파지(破紙)를 내고 가슴 두근거리며 쓴 길고 긴 편지글 속에 담아

아무도 모르게 그 여학생의 책가방 속에 살짝 끼워 넣었다. 그 편지와 시를 본 그 여학생이 내게 답신을 보내 올 것이라는 확신과 함께. 이후 나는 친구를 만난다는 핑계로—사실은 그 여학생을 훔쳐볼 속셈이었지만—매일처럼 드나들었던 그 집에 며칠 간 발길을 뚝 끊었다. 부끄러워서였다. 이후 다시 그 집에 드나들었지만 일주일, 열흘, 한 달이 지나도 그 여학생은 아무런 내색이 없었다.

그때부터 나의 본격적인 짝사랑이 시작됐다. 학교 공부는 뒷전이고 연애편지 쓰는 게 일과였다. 어떤 날은 밤을 꼬박 새워 편지를 써서는 자작시와 함께 다음날 우체통에 집어넣었다. 물론 여학생은 아무 응답이 없었다. 그 즈음 내 손에 들어온 책이 청마 유치환 선생이 여류시인 이영도 여사에게 보낸 연서집(戀書集)이었다. 서간집(書簡集)이었던가? 하여튼 이 연서집엔 청마 선생의 시도 몇 편 실려 있었는데, 그 가운데 당시 내 심정을 그대로 대변한 듯한 시가 한 편 있었으니, "사랑하는 것은/사랑을 받느니보다 행복하나니라"로 시작되는 〈행복〉이었다.

청마 선생은 생전에 선이 굵고 남성적이며 강직했었다는 얘기를 뒷날 문단 선배들로부터 들을 수 있었지만, 그가 쓴 연애편지는 그야말로 한 여성에 대한 흠모와 애정이 뚝뚝 묻어날 정도로 나긋나긋했었던 것으로 기억된다.

이영도 여사에게 바친 것으로 보이는 청마 선생의 시 〈행복〉은 그 내용이 어쩌면 그렇게 당시의 내 가슴에 깊숙이 와 닿던지, 이 시를 대하자마자 금방 전문을 달달 외어 버렸다. 그리고 그 여학생에게 편지와 함께 이 시를 적어 보냈던가, 보내지 않았던가는 지금 기억에 없다.

    ―사랑하는 것은
    사랑을 받느니보다 행복하나니라
    오늘도 나는
    에메랄드빛 하늘이 환히 내다뵈는
    우체국 창문 앞에 와서 너에게 편지를 쓴다

첫 연에서부터 이영도 여사를 그리워하며 편지를 써 보낸 청마 선생의 마음과 그 여학생에게 거의 매일이다시피 편지를 보내는 내 마음이 일치한다는 것을 느끼게 만든 이 시는 한동안 나의 유일한 애송시가 되었다. 그야말로 움직이거나 머무르거나 항상 시 구절을 노래처럼 마음속으로 흥얼거리고 다녔다. 특히 "세상의 고달픈 바람결에 시달리고 나부끼어/더욱더 의지 삼고 피어 헝클어진 인정의 꽃밭에서/너와 나의 애틋한 연분도/한 망울 연연한 진홍빛 양귀비꽃인지도 모른다'는 세 번째 연은 저절로 고개를 끄덕이게 했다.

—사랑하는 것은

사랑을 받느니보다 행복하나니라

오늘도 나는 너에게 편지를 쓰나니

　—그리운 이여 그러면 안녕

설령 이것이 이 세상 마지막 인사가 될지라도

사랑하였으므로 나는 진정 행복하였네라

　당시 나는 〈행복〉이라는 시 가운데서도 이 마지막 넷째 연과 다섯째 연을 특히 좋아했다. 수없이 연애편지를 써 보냈건만 받았다 말았다 아무 반응이 없는 냉정한 그 여학생을 짝사랑하는 자신이 한심하기 짝이 없으면서도, 스스로를 위로하기 위해서는 '사랑을 하는 것만으로도 행복하다' 는 구절은 내겐 어쩌면 유일한 위안이었는지도 모르겠다.

　하여튼 그렇게 그 여학생에게 편지를 보내기를 한 달, 두 달…… 일 년, 이 년……. 나중엔 우리 동네는 물론 이웃 동네, 심지어는 서로의 학교 친구들에게까지 소문이 파다할 정도로 내 '연애편지 사건' 은 유명해졌다. 그렇게 길고도 암울하기만 했던 내 사춘기와 청소년기는 가슴 아픈 짝사랑과 함께 후딱 지나가 버리고 말았다. 그 대신 내 책상 서랍엔 자작시 노트 묶음이 수북이 쌓여 갔으며, 정신을 차려 보니 어느새 시인이, 신문 기자가, 중년이 되어 있었다.

　이젠 그 황홀하도록 예쁘기만 했던 여학생도, 거울 속의 나처럼 머리가 희끗해져 있을 것이다.

에로스의 미학

이처럼 한 편의 시를 다 읽고 난 후에 떠오르는
웃음은 얼마나 값진 것인가. 코미디언들이
순간순간 쏟아 내는 웃음이 아니라,
다 읽고 나서 가만히 웃게 되는 웃음은 얼마나
이지적이며 소중한 것인가.

네루다 — 벌레

송수권

1940년 전남 고흥 출생. 순천사범·서라벌예대 문예창작과를 졸업하고, 1975년 《문학사상》 신인상 〈산문(山門)에 기대어 외 4편〉으로 등단했다. 시집 《산문에 기대어》, 《꿈꾸는 섬》, 《아도(啞陶)》, 《우리들의 땅》, 《수저통에 비치는 저녁노을》, 시선집 《지리산 뻐꾹새》, 우리꽃 시집 《들꽃세상》, 육필대표시집 《초록의 감옥》 등이 있고, 산문집 《사랑이 커다랗게 날 개를 접고》, 《쪽빛세상》, 남도음식문화기행 《남도의 맛과 멋》, 역사기행집 《태산풍류와 섬진강》 등이 있다. 소월시문학 상, 정지용문학상, 김달진문학상, 서라벌문학상, 문공부예술상 등을 수상했다. 현재 순천대학교 문예창작과 교수로 재직 하고 있다.

벌레

네루다

그대의 허리에서 그대의 발을 향해
나는 기나긴 여행을 하고 싶다.

나는 벌레보다 더 작은 존재

나는 이 언덕들을 지나간다.
이것들은 귀리빛깔을 띠고 있는.
오로지 나만이 알고 있는
가느다란 자국들을 갖고 있다.
몇 센티미터 정도의 불에 데인 자국들을.
창백한 모습들을.

여기 산이 하나 있다.
나는 거기서 절대로 나오지 않겠다.
오오 얼마나 거대한 이끼인가!
그리고 분화구 하나와 촉촉이 젖어 있는
불의 장미 한 송이가 있다!

그대의 다리들을 따라 내려오면서
나선형을 그리며 생각에 잠기거나
혹은 여행하면서 잠을 자다가
마치 맑은 대륙의
단단한 꼭대기들에 이르듯이
둥그런 단단함을 지닌 그대의 무릎에 나는 도달한다.

그대의 발을 향하여 나는 미끄러진다
날카롭고, 느릿하고.
반도(半島) 같은 그대 발가락들의
여덟 개 갈라진 틈새로.
그리고 그 발가락들에서
하얀 시트의 허공으로
나는 떨어진다. 눈 멀고
굶주린 채 그대의 타오르는 작은 그릇 모양의
윤곽을 찾아 헤매이면서!

에로스의 미학

—여자의 육체는 신(神)이 만든 최고의 그릇

바슐라르에 있어서 '물의 상상력'은 결국 대지로 통한다. 모든 생명현상은 물에 잠기거나 대지를 물에 적실 때 풍요로워진다. 애초에 생명이 물에서 탄생했음은 주지(周知)의 사실이다. 희랍신화에서 미인을 상징하는 비너스도 바다의 거품 속에서 올라왔다. 그것은 묘하게도 오늘날 생명현상을 설명하는 생태학자들의 가설과도 일치한다. 빅뱅현상에서는, 지구에서 떨어져 나간 달이 식어지고 지구에선 물속에 한 아메바가 탄생하면서 기포를 만들고 산소를 내뿜기 시작한다. 그야말로 생명의지를 꿈꾸는 아메바의 능동적인 의지에 따른 운동이 시작된 것이다. 그런 의미에서 벌레야말로 이 생명을 꿈꾸는 원형으로 상징된다.

이 시는 굶주린 작은 벌레 한 마리가 거대한 우주를 여행하는 데에서부터 이미 아이러니가 발생하고 있다. 그 거대한 우주란 알고 보면 여인의 육체다. 벌거벗은 육체를, 아니 침상에 실오라기 하나 걸치지 않은 여인의 육체를 스멀스멀 벌레 한 마리가 타고 내려가는 그 사실적 묘사가 신성한 섹스의 감각을 흔들면서 에로틱한 웃음을 만들고 있다.

이 에로스적인 탐미 욕구는 저 끝없는 우주의 정신에까지 닿아 있고 그래서 육체는 신이 만든 그릇이며 영혼을 담는 그릇이다. 동서고금을 통하여 육체의 아름다움을 이렇게 묘사한 시는 일찍이 없었던 것 같다. 그것도 작은 벌레 한 마리를 여인의 미끈한 허리에서부터 발가락 끝까지. 그 발가락 끝에서 다시 하얀 시트의 허공으로 떨어지게 만들면서 끝없는 우주정신을 천착하고 있다.

여기서 여인의 육체야말로 신이 만든 최고의 그릇이며, 기쁨이며, 최상의 아름다움이다. 네루다는 자신을 작은 벌레로 비유하면서 굶주린 채 전신으로 타오르고 있다. 그래서 그는 "나는 벌레보다 작은 존재"라고 말한다.

여기 산이 하나 있다.
나는 거기서 절대로 나오지 않겠다.
오오 얼마나 거대한 이끼인가!
그리고 분화구 하나와 촉촉이 젖어 있는
불의 장미 한 송이가 있다!

그는 이처럼 여인의 육체를 더듬어 내려가면서 불쑥 융기한 "산"의 분화구를 찾아내고 촉촉이 젖어 있는 "이끼"와 "불의 장미 한 송이"를 꺾는 열정의 스킨러브를 노래한다. 오르가슴의 절정! 그는 그 이끼 속에 숨어 나오지 않겠다는 것이다. 이쯤 되면 이 시야말로 에로티시즘의 절정을 노래한 시라 말할 만하다.

그러면서 시의 후반부를 통해 육체의 하반신을 타고 내리면서, 그 벌레는 무릎에 당도하고 있다.

그대의 발을 향하여 나는 미끄러진다
날카롭고, 느릿하고.
반도(半島) 같은 그대 발가락들의
여덟 개 갈라진 틈새로.
그리고 그 발가락들에서
하얀 시트의 허공으로

그 미물인 작은 벌레는, 아니 나는 눈멀고 굶주린 채 떨어지는 것이다. 아무리 여인의 육체를 탐하고 정복했다 해도 그 우주인 육체 속의 정신은 다 발가벗길 수 없음을 이 미물의 존재는 터득하고 있는 것이다. 그것은 신이 만든 오묘한 악기이면서 타오르는 작은 그릇 모양의 윤곽이기 때문이다.

여기에서 참으로 네루다의 위대한 정신을 일깨울 수 있다. 일찍이 브레이크는 "모래알 속에서 우주를 보고 들꽃 한 송이에 천국이 있다"고 노래했지만 네루다는 이 신의 그릇, 즉 신이 만들어 낸 이 지상의 최상품인 명기(名器) 속에서 우주와 천국을 읽어 낸 것이다.

이와 같이 시에서는 '엉뚱한 이미지', 즉 시적 자아를 벌레로 치환시키면서 에로스의 무서운 충격과 웃음을 만들어 낸다는 사실이다. 동시에 이는 기발한 착상이면서 엉뚱한 발상에서 시의 웃음이 만들어진다는 사실을 넌지시 일깨우기도 한다.

이처럼 한 편의 시를 다 읽고 난 후에 떠오르는 웃음은 얼마나 값진 것인가. 코미디언들이 순간순간 쏟아 내는 웃음이 아니라, 다 읽고 나서 가만히 웃게 되는 웃음은 얼마나 이지적이며 소중한 것인가. 이 웃음은 또한 고금소총이나 와이담에서 쏟아 내는 웃음도 아니며 그렇다고 소설인 《흥부전》이나 《배비장전》, 〈변강쇠타령〉에서 맛볼 수 있는 그런 사설조의 웃음과도 현격한 차이가 있는 것이다.

또는 "발이 마술사"라 불리는 카메라의 영상도 마찬가지다. 이따금 홍콩 영화에서 볼 수 있는 경쾌한 웃음, 즉 〈영웅본색〉에서 주윤발이 형사로 분(扮)하여 화재 현장에 뛰어들어 어린애를 구출해 나오다가 바지에 불이 붙었을 때, 어린애가 포대기 속으로 흘린 오줌이 불을 끄는 그런 재치로 웃는 웃음도 아니다. 이런 재치나 순간적인 기지로 떨어지는 웃음과 시(詩) 속에서 웃는 웃음은 근본적으로 다르다.

이런 웃음 만들기와는 달리 시 속에서의 웃음 만들기는 저 신의 미소에까지 닿아 있는 웃음이고, 영혼 깊숙한 곳에서 울리는 내밀한 웃음인 것이다. 시인은 단지 언어의 뚜껑을 열고 그 웃음을 꺼

내는 마술사와 같다고 해야 할 것이다. 시인을 "언어의 연금술사"
로 부르는 까닭도 여기에 있다.

　이런 웃음이야말로 시에서만 요구될 수 있는 지적(知的) 상상력
의 웃음임은 새삼 다시 말할 필요가 없을 것 같다. 따라서 이 시는
에로스 미학의 극치라 할 만하다.

먼 곳으로 긴 여행을
떠나는 새

이십 대에 알게 된 이 시는 너무나 강렬해서
잊을 수가 없다. 대학 논문도 김수영을 택해
1년을 넘게 그와 그의 시와 더불어 살았다.
공부하며 내 정신의 스승으로 삼게 된 그.

김수영 = 푸른 하늘을

신현림

경기 의왕 출생으로, 아주대 국문과를 졸업하고 상명대 디자인대학원 사진학과에 재학중이다. 첫 시집 《지루한 세상에
불타는 구두를 던져라》, 둘째 시집 《세기말 블루스》, 영상에세이 《나의 아름다운 창》, 《희망의 누드》가 있으며, 사진산문
집으로 《빵은 유쾌하다》를 출간했다.

푸른 하늘을

김수영

푸른 하늘을 제압하는
노고지리가 자유로웠다고
부러워하던
어느 시인의 말은 수정되어야 한다.

자유를 위해서
비상(飛翔)하여 본 일이 있는
사람이면 알지
노고지리가
무엇을 보고
노래하는가를
어째서 자유에는
피의 냄새가 섞여 있는가를
혁명은
왜 고독한 것인가를

혁명은
왜 고독해야 하는 것인가를.

먼 곳으로 긴 여행을 떠나는 새

이사 온 곳은 옛날에 내가 다닌 대학 근방이다.

학교는 집에서 7분 거리라, 답답한 방이 지겨워지면 간간이 학교로 산책을 간다. 어둑어둑해지기 전에 하늘과 숲을 봐야 저녁시간이 즐겁다.

단골 커피점에서 카푸치노를 사 들고 두 손에서 작은 손난로처럼 뜨겁게 타오르는 감각에 젖는다.

너무나 커 버린 나무들. 만추(晩秋)의 계절인 10월 말에서 11월 중순까지 캠퍼스에 울긋불긋 물드는 나무숲이 장관이었다.

'천천히 무너져 가렴. 은행나무야.' 이렇게 뇌까리며 우수수 떨어지는 나뭇잎 소리가 고요히 울려 퍼져 가는 걸 듣는다. 무너져 가는 것의 매혹과 슬픔. 온 가슴에 품어 간다. 어느새 그 화려한 나무들도 길고 앙상한 뼈처럼 섰다.

나는 가로수 밑 나무의자에 앉길 좋아한다. 혼자 있기 위한 장소. 조금씩 따뜻해지는 나무의 온기를 느끼며 은은한 계피향이 나는 카푸치노를 마신다.

이곳에 앉으면 내 기억의 연이 한없이 높이 날아오른다.

아득히 잠겨 있는 기억들이 머리칼을 풀어헤치며 과거의 시간을 부른다.

두 눈 가득 담겨 오는 하늘에 새 한 마리가 날아간다.

아득한 창공을 날아가는 새 한 마리.

언제나 나에겐 근사한 광경이고, 동경의 대상이다. 그러나 새에게는 얼마나 고단한 운명일까.

겪어 보지 않고 알 수 없는 게 삶이고, 타인의 사연이다.

먼 곳으로 긴 여행을 떠나는 새. 그들이 원하는 마지막의 것이 자유라면 인간의 것도 자유이고 해방감일지 모른다.

김수영의 멋진 시 〈푸른 하늘을〉.

이십 대에 알게 된 이 시는 너무나 강렬해서 잊을 수가 없다. 대학 논문도 김수영을 택해 1년을 넘게 그와 그의 시와 더불어 살았다. 공부하며 내 정신의 스승으로 삼게 된 그.

김수영이란 시인을 처음으로 알게 된 것은 재수할 때다. 내가 다닌 화실 근처의 작은 서점에서 단 두 권의 시집을 샀는데 이성부 시인의 《백제행》과 김수영의 《거대한 뿌리》였다.

그때만 해도 도서관 하나도 구경하기 힘들었고, 고등학교 땐 도서관이 있는 줄도 몰랐다. 물론 집에 책이 많았지만 도스토예프스키 전집 등 뚱뚱한 책뿐이었다. 재수하는 마당에 부담 없이 읽을 수 있는 책들이 그리웠다.

그나마 한두 푼 돈 있을 때 구입했던 책은 시인 장정일이 시를 쓰기도 했던 100원짜리 《삼중당 문고》.

미대 지망생이던 내가 단지 시를 좋아해서 좋은 시를 모아 두는 습관이 생기기 시작할 때다. 시인에 대한 아무 정보도 없이 그냥 마음 가는 대로 고른 시집. 이성부 시집은 〈라면가〉가 좋아서 샀다.

시집 《거대한 뿌리》는 제목도 좋지만, 시집 표지에 실린 김수영 사진이 너무 마음에 들었다. 그 당시 내가 상상했던 인간 전형의 모습이랄까. 퀭한 눈이 아름답고 강렬했다. 뭔가 기운생동(氣韻生動)하는 표정 속에 오만하지 않으면서 고뇌에 찬 서글픔이 쉽게 지워지지 않았다.

익숙했던 시들과는 다른 느낌. 신선하면서 난해하고, 리듬이 센 것이 한참 두고 봐야겠구나 싶었다.

이 시집에는 〈푸른 하늘을〉이란 시는 실리지 않은 걸로 기억하는데, 그 시를 알게 된 계기는 다음 얘기 속에 있다.

시를 써야겠다는 마음을 먹은 대학 때 우연히 안양 지하상가를 지나다가 눈에 띈 도서대여점 '독서 수리당'. 들어서자마자 눈에 가득 들어오는 책들이 나를 사로잡기 시작했다. 한 달 3천 원에 권수 제한 없이 마음껏 봐도 된다는 것이다.

이날 이 책 저 책 살펴보는 시간이 30분 지났을까. 한 사람이 이곳에 들어와 나를 보더니 깜짝 놀랐다. 가만히 있자 하니 내가 들고 있는 책을 보고 놀란 것이다. 그때 나는 기형도의 신춘문예 당선작 〈안개〉를 읽고 있었다.

그 놀란 사람이 바로 시인 기형도였다.

나중에 안 얘긴데 기형도는 청계산 밑에서 군대생활을 하는 동안 '독서 수리당' 주인과 그의 친구들과 시를 공부했다고 한다. 이에 대한 얘기가 그의 산문집 《짧은 여행의 기록》에도 나온다. 신문사에 입사한 후 잘 들르지도 않는 그곳을 어쩌다 들른 모양인데……. 두고두고 잊혀지지 않는 기억이 되었다.

그 이후에 그를 두 번 더 봤는데, 마지막 세 번째가 신문에서다. 그의 사망을 알리는 기사에서.

군청색 양복에 흰 와이셔츠, 눈썹이 짙고 형형한 눈이 참 아름다운 청년. 기형도는 내 기억속에서 영원히 젊고, 그의 시 또한 아프고 아름다운 시로 남아 있다.

그리고 그곳에서 계속 책을 열심히 빌려 보는 동안 또 한 명의 시인을 만나게 되었다.

그가 바로 김명인 시인인데, 그의 첫 시집을 서점에서 본 적이 있다. 시가 맑고, 서정적이면서 그의 마른 체격을 닮아 있었다.

김명인이 바로 김수영의 시 〈푸른 하늘을〉을 알려 준 사람이다. '독서 수리당'에서 얘기를 나누는데 그가 이 시를 줄줄 외더라. 그때 시 느낌이 얼마나 강렬했던가. 김명인 시인과 많은 얘기를 나누진 않았지만, 그가 들려준 참으로 인상 깊은 얘기들이 지금도 또렷이 기억난다.

지금 그는 어디서 무엇을 하며 살까 궁금하다. 시는 쓰고 있을까. 또한 '독서 수리당' 주인은 어떻게 사는지…….

　정말 인생에서 많은 사람들을 만난다. 위의 두 시인처럼 아주 짧은 만남이지만 강렬한 인상을 주는 사람도 있고, 수없이 만나도 그다지 기억에 남지 않는 사람들이 있다.

　작품도 마찬가지리라. 적은 편수라도 보자마자 감동으로 다가오는 작품이 있는가 하면, 그렇게 많이 발표하고, 책을 많이 내도 가슴에 남지 않는 작가의 작품도 있다. 어쩌면 작가의 가슴은 삶의 변화에 따라 성숙되기도 하지만, 타고나는 게 아닐까.

　수많은 기억들이 반딧불이처럼 날아올랐다 사라졌다.

　참으로 인생이 길지 않다는 생각을 하는 동안 사방이 어두워졌다. 불이 켜진 학교 도서관. 그 앞에 많은 학생들이 모여 있다. 그들의 긴 그림자가 흐늘거렸다.

　저 어두운 하늘마저 가슴에 담아 두고 나는 나무의자에서 일어섰다.

　찬 바람이 불어와 나의 외투는 공처럼 부풀었다.

우리 시대 위대한
시인이라는 믿음

......그러나 서정주 선생만은 아무래도 그리 해서는
안 될 것이라는 내면의 울림이 어디선가 들려왔다.
나는 내 앞에 앉아 계신 당신이 우리 시대의
위대한 시인이라는 한결같은 믿음 이외엔 무엇이
무엇인지 모르는 혼란에 빠져들었다.

오세영

서
정
주
ㅡ
푸
르
른

날

1942년 전남 영광 출생으로, 서울대학교와 동 대학원 국문과를 졸업하고 《현대문학》으로 등단하였다. 시집으로 《무명연
시》, 《사랑의 저쪽》, 《눈물에 어리는 하늘 그림자》 등이 있으며, 시선집 《모순의 흙》 외 다수의 저서가 있다.
소월시문학상, 만해상, 정지용문학상을 수상한 바 있으며 현재 서울대학교 교수로 재직중이다.

푸르른 날

눈이 부시게 푸르른 날은
그리운 사람을 그리워 하자

저기 저기 저, 가을 꽃 자리
초록이 지쳐 단풍 드는데

눈이 나리면 어이 하리야
봄이 또오면 어이 하리야

내가 죽고서 네가 산다면!
네가 죽고서 내가 산다면?

눈이 부시게 푸르른 날은
그리운 사람을 그리워 하자

오세영

150

우리 시대 위대한 시인이라는 믿음

　　내겐 미당 선생과의 추억이 거의 없다. 그것은 당신께 처음 인사를 드린 것이 1980년대 후반의 일이며 그후 가끔 연초에 세배 겸—그것도 거른 경우가 많았지만—찾아뵌 일, 그리고 문단 행사에서 우연히 만나 말씀을 나눈 것이 아마도 선생님과 맺은 인연의 전부라면 전부랄 수 있기 때문이다.

　　사실 나는 10여 년 이전, 즉 선생께 인사 드리기 이전까지는 문단의 공식 행사에서조차 선생과 직접 대화를 나눈 적이 없었다. 간혹 문단 행사에서 선생을 뵈었다손 치더라도 먼발치에서 바라보며 '아 저분이 미당 선생이시구나' 하는 정도의 조그마한 감동을 갖는 것으로 만족하곤 했었다. 그때의 선생은 항상 화제의 중심이었고 인(人)의 장막에 둘러싸여 있는 듯 보였다. 나와 같은 무명의 시인 혹은 함께 인연을 나누지 못한 시인은 도저히 근접할 수 없는 위치에 계신 것처럼 생각되기도 하였다.

　　결국 그러한 것도 내가 선생께 오랫동안 인사를 드리지 못했던 이유의 하나가 되었던 것이지만, 사실 나는 미당 선생과 인연이랄 게 거의 없다. 당시 문단 등용의 주무대였던 《현대문학》지의 추천에 미당 선생의 영향이 가장 컸고, 또 미당 선생의 추천이 절대적인 양적 우위를 접하고 있을 시절에도 나는 오히려 그 반대의 위치에 서 계셨던 목월 선생의 추천에 의하여 간신히 문단에 데뷔하였다. 또 당시 시인을 지망하는 대다수의 청년들이 우리 문단의 아카데미라 일컬을 수 있는 서라벌예대와 동국대에서 선생의 가르침을 받고, 그럴 기회를 갖지 못한 사람들의 경우는 당신의 문하(門下)를 들락거리며 사숙(私淑)을 할 때에도 나는 단 한 번도 그곳을 기웃거려 본 적이 없다.

이후의 관계 역시 마찬가지이다. 오랫동안 문단의 중심에 서 계셨던 선생의 위치로 보아 내겐 선생과 우연이라도 한번쯤 조우(遭遇)할 기회가 있어야 했을 것이다. 이를테면 선생의 도움을 빌리거나 선생께 도움을 드릴 일이 생긴다든지 그것도 아니라면 같은 좌석에서 무슨 일을 함께—문단에서 흔히 있을 수 있는 일들, 예컨대 문학작품의 심사나 세미나의 주제 발표나 강연 등등—할 일이 생긴다든지 하는 것 따위이다. 그러나 공교롭게도 나는 선생을 뵐 기회를 전혀 갖지 못하였다. 심지어 선생께서 참여하셨던 그 많은 문학상의 심사에도 불구하고 내가 받은 몇 개의 문학상에는 당신이 관여하신 바 없다. 그러한 의미에서 사실 나는 선생과 인간적인 교류에서는 거의 남남이나 마찬가지였던 것이다.

그러므로 80년대에 들어 새삼스럽게 내가 선생을 굳이 찾아뵈어야 할 하등의 이유도 없었다. 더군다나 예전과 같은 선생의 영향력은 문단에서 사라진 지 이미 오래요, 더 나아가서 문단에서나 사회에서나 선생이 기피 인물로 낙인이 찍혀 매도당하고 있었던 시절임에라. 당신의 문학적 생애를 놓고 보아도 이 무렵 어떤 큰 문제성이 제기되었던 것은 아니요,—나처럼 문학 연구를 업으로 삼고 있는 사람에게—느닷없이 전에 없던 관심을 일깨울 만한 사건이 일어났던 것은 더더욱 아니었다.

내가 선생께 처음 인사를 드린 때는 그 명분이나 실제가 어떻든 사실 당신과 가장 가까이 있었던, 혹은 가까이 있어야 했을 문단 사람들이 당신에게 돌팔매질을 하며 앞을 다투어 떠나가고 있을 무렵이었다. 아니 떠나지는 않는다 하더라도 최소한 떠난 것처럼 행동하는 것이 자신들의 문단 처세에서 득이 되는 것으로 여겨질 무렵이었다.

선생과 어떤 교류를 갖는다는 것은 그 자체가 어용(御用)이었고, 같이 단죄(斷罪)를 받는 일인 것처럼 생각되던 때였기 때문이다. 그리하여 너도나도 가장 재빨리, 그리고 가장 심하게 선생께 돌팔매질을 함으로써 시대에 대한 자신의 죄의식을 면죄받거나 약삭빠르게 시류의 프리미엄을 거머쥐고자 하였다. 그때까지 선생과 아무런 인간관계를 맺지 않고 있었던 나의 입장에서 보면 당신과 가까운 사람일수록 그 정도가 더 심한 것 같아 보였다.

물론 당신이 크신 분이기 때문에, 상대적으로 사회적 역할에서나 문학 그 자체에 있어서나 하셨던 일에 비판되어야 할 부분이 결코 적지 않았음도 사실이다. 일제 어용시의 창작이나 소위 5공과의 협력 같은 것이 그 단적인 예이다. 전자의 경우에 대해서는 당신이 몇 차례 지면을 통해서 해명하신 바도 있다. 그러나 그럼에도 불구하고 사태는 더 악화되는 방향으로 나아가고 있었다. 그것은 그 내용이 독자들의 기대와 거리가 멀었기 때문이 아니었을까 싶다. 독자들은 선생의 무조건적인 참회를 기대했을지도 모른다. 그러나 정작 선생의 소명(疏明)은 참회라기보다는 변명에 가까운 것으로 받아들여졌다. 이에 대해서는 나의 생각 역시 마찬가지이다.

이 무렵 모 문학지에 발표한 글에서 선생은 '일제가 대동아전쟁에 승리하여 한 백 년 정도는 한국이 그들의 식민지로 남아 있을 것'이라는 믿음으로 일제 어용시를 창작했다는 요지의 말씀을 하신 적이 있다. 그러나 이와 같은 해명은 인간적인 면에서는 호소력을 지닐 수 있을지는 모르나—자의건 타의건 민족의 한 정신적 지도자가 되신—선생님의 공적인 행위를 정당화시키는 데 효력을 지닐 수는 없는 것이었다. 오랜 기간의 일제 통치하에서의 어용이라 해서 정당화될 수 있고 짧은 기간의 일제 통치하에서의 어용이라 해서 단죄될 수는 없겠기 때문이다. 일제의 통치가 오랜 기간 동안 행해지든 혹은 짧은 기간 동안 행해지든 하지 말아야 할 일은 하지 말아야 하는 것이다.

그러므로 이 글을 읽을 때의 솔직한 나의 심정은 설령 선생께서 이와 같은 생각을 지니고 있었다 하더라도 이를 말씀으로 표현하지 않는 것이 더 좋지 않았을까 하는 느낌이었다. 차라리 일제의 강압에 못 이겨 할 수 없이 저지른 행위였다든가 혹은 자포자기적 심정에서 생존(문학적이건, 인간적이건)을 영위하기 위하여 저지른 과오이나 지금은 그 잘못을 크게 뉘우치고 있으니 민족의 용서를 바란다고 허심탄회하게 말씀하셨다면 우리들의 가슴을 얼마나 뭉클하게 만들었을 것인가. 그랬다면 선생의 그 위대한 문학 앞에서 감히 그 누가 자신은 죄가 없다며 먼저 돌맹이를 집을 수 있었을 것인가.

그러나 어쨌든 시대의 조류 속에서 당신의 일생 중 가장 소외되고 매도당할 무렵 나는 선생을 만나뵐 생각을 하게 되었다. 이 무렵 발간된 어떤 사보의 글 때문이었다. 우연히 어떤 사보를 보니 고정 칼럼란에 선생에 관한 글이 실려 있었다.

공교롭게도 같은 기간에 간행된 두 개의 사보였는데, 필자는 물론 달랐지만 모두 선생의 제자 문인들이라는 데 공통점을 지니고 있었다. 하나는 선생과 대학생활의 추억을 담은 것이었다. 강의 도중 근처의 대폿집에서 선생과 술을 먹던 에피소드를 소개하고 이를 빌려 선생의 인격을 매도하는 내용이었다. 다른 하나는 자랑스런 어투로 자신이 대학시절 친구들과 더불어 학교 뒷산에 올라가서 선생의 인형에 화형식을 치렀다는 회고담이었다. 당시 문단의 시류(時流)적인 분위기를 가장 단적으로 보여 주는 글들이었다.

그 무렵 나는 대학 강단에서 내 나름으로 시류성에 대한 혐오감에 빠져 있었기 때문에 그 글들이 예사롭게 읽혀지지 않았다.

내가 대학 강단에서 느낀 시류성이란 이런 것이다. 지금은 이미 사회에서도 잘 알려진 사실이지만 당시 대학 교육은 소위 운동권의 선배들이나 재야 학자들에 의해서 대부분 이루어지던 때였다. 문학의 경우 역시 마찬가지였다. 신입생이 입학하면 일단 운동권 선배들이 이를 장악하여 의식화하게 마련이었고, 그 중요한 프로그램의 하나가 어용 문학에 대한 단죄와 금서(禁書), 혹은 필독서의 교양이었다. 서정주의 문학이 이 어용문학과 금서의 범주에 단골 메뉴가 된 것은 당연했다.

그러나 문제는 이러한 프로그램이 때로는 너무나 도식적이고 통속적인 차원에 머물러 문학의 객관적 이해를 저해하는 데도 큰 몫을 하고 있었다는 점이다. 예컨대 내가 강의 시간에 서정주의 작품을 이야기하면 대부분의 학생들은 빈정대는 투였다. 참다못해 내가 "서정주는 비록 그 삶에 있어서 과오가 있었고 우리가 그것을 비판하는 것은 정당한 일이지만 그러나 작품 자체에 국한해서 말한다면 역시 훌륭한 것이 아닌가" 하고 응수하면 학생들의 대답은 천편일률적으로 서정주는 문학 작품에 있어서도 수준 미달이라는 식이었다. 문학은 인간 삶의 반영인데 서정주는 어용을 했으므로 문학 역시 저열(低劣)할 수밖에 없다는 것이 그들의 상투적인 주장이었다.

그 대신 그들이 훌륭한 모델로 내세운 것들은 임화의 〈네거리의 순이〉나 신동엽의 〈껍데기는 가라〉와 같은 작품들이었다. 그 작품의 우열을 논하기 전에 임화가 서정주보다 더 열렬히 친일행위를 했음에도 불구하고…….

이러한 부류는 그래도 나은 편이었다. 상당수의 학생들은 여기에서 더 나아가 아예 서정주의 시가 왜 좋은지 아무리 읽어 보아도 알 수 없다는 것이다. 소위 일류 대학생들이 이 모양이니 대체 이런 학생들을 앞에 놓고 내가 무엇을 이야기해야 했을 것인지. 그냥 나도 시류에 편승하여 좋게좋게 한 시절을 보냈어야 했을 것을 어리석게도 문학에 대한 객관적 인식을 확립하겠다는 어쭙잖은 생각에서 서정주는 (그 인간적 과오에도 불구하고) 그래도 문학 작품만은 훌륭하다고 역설하며 그것이 왜 훌륭한지를 분석해 보인 것이 나의 실수라면 실수였다.

서정주 작품의 훌륭함을 구조적으로 분석해 보이면 보일수록 나는 형식주의 옹호론자, 어용문학 동조론자, 나아가서는 반민중주의자로 몰렸던 것이다. 나로서는 일면식(一面識)도 없는 서정주 선생으로 하여 학생들의 곱지 않은 시선을 받은 셈이었으니 어찌해서 인간 서정주에게 관심을 가지지 않을 수 있었을 것인가.

말하자면 이런 정신적 상황에서 앞에 언급했던 사보의 글들을 읽었던 것이다. 그러자 내겐 불현듯 서정주 선생이 인간적으로 어떤 분인지 한번 만나 뵙고 싶은 충동이 일어났다. 그리고 그러한 충동이 의식되면서 내겐 갑자기 희한하게도 어떤 늦깨달음 같은 것이 왔다. 시를 쓰는 후학(後學)으로서 이 위대한 시인에게 진작 한 번쯤 인사를 드렸어야 인간적 도리가 아니었겠는가 하는 생각이었다. 나는 별안간 초조해졌다. 그러나 불쑥 선생의 댁을 방문할 만한 용기가 내겐 없었다.

　그런데 그 무렵이었다. 일이 잘되느라고 그랬는지 우연히 선생의 동국대에서의 오랜 제자인 한양대 김시태 교수를 만나게 되었던 것이다. 그러니까 1986년 1월 초의 일이었다. 우리는 자연스럽게 선생님을 화제에 올렸고 이 자리에서 나는 김 교수에게 넌지시 선생님께 인사를 드리고 싶은데 언제 한번 그런 계기를 마련해 주지 않겠느냐고 물어보았다. 그러자 그는 믿기지 않는다는 표정으로 아직까지도 인사가 없었느냐고 힐난 비슷하게 되묻더니 그럴 것 없이 지금 당장 사당동 선생 댁에 놀러가자고 했다. 선생도 외로우실 터이고 더군다나 정초이므로 세배 겸 잘되었다는 것이다. 그리하여 우리는 그 자리에 합석했던 이건청 시인과 셋이 의기투합하여 선생 댁을 방문하게 되었다.

　그날 오후 우리가 선생께 인사를 드리면서 들고 간 것은 근처의 슈퍼마켓에서 산 맥주 한 박스였다. 그러면서도 우리는 혹시 이 술이 노령에 접어든 선생의 건강에 해가 되지나 않을까 하고 내심 적지 않게 걱정하였다. 그러나 그것은 기우였다. 선생은 즐거우신 표정으로 맥주를 많이 드셨지만 아무 탈이 없었기 때문이었다. 나중에는 우리가 사 들고 간 맥주가 바닥이 나서 선생께서 더 많은 맥주를 사 대셔야 했다. 우리 셋도 주책없이 술을 많이 들었다. 어느덧 몽롱하게 취기가 올라왔다. 그리고 그 몽롱한 취기 속에서 나는 항상 강박 관념처럼 나를 따라다녔던 명제, 즉 인생과 문학 중 어느 것이 더 중요한 것인지를 새삼 되새겨 보았다.

역시 문학보다는 인생이 더 중요한 것 같았다. 그러면서 내가 만일 서정주와 같은 상황에 부딪힌다면 어떻게 할 것인가를 생각해 보았다. 자신이 없었다. 그러나 서정주 선생만은 아무래도 그리 해서는 안 될 것이라는 내면의 울림이 어디선가 들려왔다. 나는 내 앞에 앉아 계신 당신이 우리 시대의 위대한 시인이라는 한결같은 믿음 이외엔 무엇이 무엇인지 모르는 혼란에 빠져들었다. 나는 그것을 술 탓이라고 생각하며 계속 술을 마셨다. 다음날 생각해 보니 선생 댁을 어떻게 나왔는지 기억에도 없을 만큼, 그날…… 술이 깨어 문득 하늘을 보니 눈이 부시게 푸르렀다.

우리 시대 위대한
시인이라는 믿음

159

언제 어디서든 봄날의
초록빛 무성한 숲으로

대개는 언제 어디서든 〈푸르른 날〉을 한 구절 외고
또 한 구절 외는 동안 나는 눈이 부시게 푸르른
어느 봄날의 초록빛 무성한 숲으로 간다.
그 초록이 지쳐 단풍이 드는 가을과
눈이 나리는 겨울을 맞고 보낸다.

서정주 ― 푸르른 날

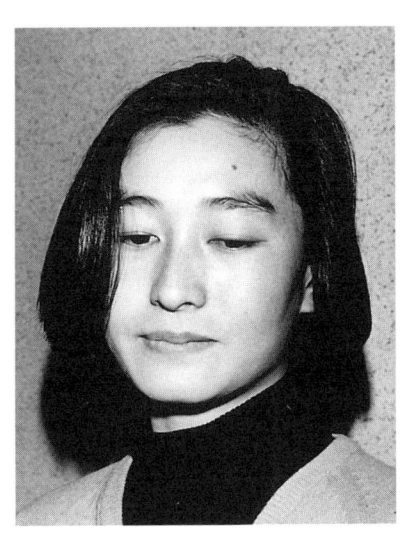

이상희

1960년 부산에서 출생하여 1981년 부산여대 국어교육과를 졸업했다. 1987년 《중앙일보》 신춘문예에 시 〈바느질〉, 〈봉합 엽서〉가 당선되어 등단했다. 오랫동안 출판사에서 편집 일을 했고, 텔레비전 다큐멘터리와 라디오 방송 원고를 쓰기도 했다. 어린이 그림책에 매혹되어 최근에는 그림책 《외딴 집의 꿩 손님》, 《게으름뱅이 빼꾸기》, 《귀신 도깨비 내 친구》, 《토 마토 씨앗》, 《옛날 옛적 이야기쟁이》 등을 썼고, 《뽀뽀는 이렇게》, 《눈송이》 등 프뢰벨 테마동화 30여 권과 《달님은 밤에 무얼 할까요?》, 《바구니 달》, 《벌레와 물고기와 토끼의 노래》 등을 번역했다. 시집으로 《잘 가라 내 청춘》, 《벼락무늬》와 어 른들을 위한 동화 《깡통》을 펴낸 바 있다.

푸르른 날

서정주

눈이 부시게 푸르른 날은
그리운 사람을 그리워 하자

저기 저기 저, 가을 꽃 자리
초록이 지쳐 단풍 드는데

눈이 나리면 어이 하리야
봄이 또오면 어이 하리야

내가 죽고서 네가 산다면!
네가 죽고서 내가 산다면?

눈이 부시게 푸르른 날은
그리운 사람을 그리워 하자

언제 어디서든 봄날의 초록빛 무성한 숲으로

　미당 시의 아름다움을 누가 내게 가르쳐 주었던가. 아니면 어느 눈부시게 푸르른 그리운 날 시집 갈피를 넘기다 문득 발견하여 사랑하기 시작했던가. 어떻든 세상의 모든 시와 노래는 읊조리고 부르는 자의 몫이다.

　어느 때부터인가 펜을 사면 새로운 필기감을 즐기기 위해 써 보는 글이 "눈이 부시게 푸르른 날은 그리운 사람을 그리워 하자"이고, 앓고 난 뒤 처음 목소리를 내볼 때에도 "눈이 부시게, 눈이 부시게"를 중얼거리곤 한다. 혼자 먼 길을 걷게 되었을 때, 정말 눈부시게 푸르른 날 나무들 사이에 있을 때, 못 부른다는 노래를 굳이 누가 부르라고 내몰 때에도…… 사실은, 노래를 대신하여 시를 읊조리는 데에는 순수한 '애송'의 취미를 훼손시키는 서글픔이 끼어 있다. 마치 비계처럼. 그런 때의 시 낭송은 일종의 궁여지책(窮餘之策)이기 때문이다.

　노래방에서 노래 부르기―라는 풍속이 내게는 썩 마음 내키지 않는다. 거기다 모임이니 연회니 하는 자리에는 가지 않는 게 훨씬 편하다고 생각한다. 이래저래 노래 부를 기회도 없었고, 일상 또한 노래 부를 여유 없이 분주하다. 다만 초등학교 때부터 여고시절 내내 입단 시험이 꽤 까다로운 합창단의 일원으로 활동했던 이력이 있거니, 막연히 내 기본 가창력을 믿고 있었다.

내가 노래를 상당히 못하는 사람 축에 낀다는 사실을 알게 된 것은 예기치 않게 휩쓸려 간 공부 모임의 뒤풀이 자리에서였다. 한참 어린 어느 후배가 친절하게 조언하길, 나의 음정 자체가 정확하지 않으니 공개 석상에서는 되도록 노래를 안 하는 것이 좋겠다는 것이다.

어떤 이가 꼭 노래를 만들어 보겠다고 마음먹고 얇디얇은 내 시집 두 권을 꼼꼼히 읽고 또 읽었지만 도무지 그럴 만한 것을 못 찾겠더라고 한 말을 듣기도 했지만, 그때와는 또 다른 무안함에 나는 한참 동안 뺨을 붉힌 채 앉아 있었다.

아, 내가 쓰는 시가 노래가 되지 못하는 것과 내가 노래를 잘하지 못하는 것에는 필시 어떤 관계가 있으리라. 아무 상관이 없다 하더라도 그 두 가지 사실은 뼛속 깊이 노래에 대한 열등감과 절망감을 새겨 놓았다. 평소에 자주 노래를 부르지 않아서 잠깐 음정을 잃은 것일 뿐이라는 주위의 위로도 소용없이. 그 뒤로 노래를 부른 일은 단 한 번. 도저히 피할 수 없는 순서여서 목숨을 내놓듯이 불러 버린 것 말고는 드물게나마 그런 자리에 서게 되면 으레 〈푸르른 날〉을 읊조린다.

가짜 오케스트라의 요란한 반주를 끄게 하고 시를 읊으려 할 때, 그것이 서글픈 궁여지책이라는 것을 눈치 채는 사람은 없다. '명색

이 시인이라고 네가 기어이 표를 내는구나' 하는 표정은 더러 보일지언정. 술잔을 부딪치며 모르는 노래 없이 따라 부르던 사람들이 갑자기 조용해진다. 어정쩡한 자세로 목소리를 낮춰 수군거리면서도 일제히 눈길을 모은다. 나도 "눈이 부시게……"라고 운을 떼고 나서는 그들의 기색을 살필 틈이 없다. '이젠 엎질러진 물이다' 하는 심정으로 눈을 감는다.

그렇더라도 대개는 언제 어디서든 〈푸르른 날〉을 한 구절 외고 또 한 구절 외는 동안 나는 눈이 부시게 푸르른 어느 봄날의 초록빛 무성한 숲으로 간다. 그 초록이 지쳐 단풍이 드는 가을과 눈이 나리는 겨울을 맞고 보낸다. 마침내 "내가 죽고서 네가 산다면! 네가 죽고서 내가 산다면?"의 격정에 이르러서는, 혼자라면 조금 울기도 한다. 그 다음에 이어지는 후렴은 격정에 휘둘려 자주 잊어버리곤 한다.

육체의 가벼움과 무거움

육체의 무게 상실, 육체로부터의 무게 박탈을 통해 삶과
죽음의 확연한 경계를 간명한 어조로 표현한
브레히트의 시 〈나의 어머니〉는 삶과 죽음에 대한
예사롭지 않은 통찰을 단 4행의 짧은 시에, 그러나
모자람 없이 충분히 담아냄으로써 나를 매료시켰다.

아돌프 브레히트 나의 어머니

이선영

1964년 서울에서 출생하여 이화여대 국문과를 졸업했다. 1990년 《현대시학》으로 등단하여 시집 《오, 가엾은 비눗갑들》,
《글자 속에 나를 구겨넣는다》,《평범에 바치다》 등을 간행했다.

나의 어머니

아돌프 브레히트

그녀가 죽었을 때, 사람들은 그녀를 땅 속에 묻었다.

꽃이 자라고, 나비가 그 위로 날아간다……

체중이 가벼운 그녀는 땅을 거의 누르지도 않았다.

그녀가 이처럼 가볍게 되기까지, 얼마나 많은 고통을 겪었을까!

육체의 가벼움과 무거움

시 〈살아남은 자의 슬픔〉으로 더 잘 알려진 브레히트의 시집 속에서 이 시를 발견한 이후 단 4행의 이 간명(簡明)한 시는 내 머릿속에 그대로 넉 줄 감동의 굵은 글씨체로 와 박혔다.

'그녀'가 '어머니'라서만은 아니었다. 물론 '그녀'가 다른 누구도 아닌 '어머니'이기 때문에 배가(倍加)되는 감동이 있는 것은 사실이지만, '그녀'는 굳이 '어머니'가 아니어도 좋았다. '그녀'는 '그'가 될 수도 있었다.

'그녀'이든 '그'이든 인생의 무게란 얼마나 무거운 것인가! 그 무게에 짓눌리며 사람들은 얼마나 고통스러워하는가! 죽어 하나의 나무토막처럼 가벼워진 인간의 육체는 행·불행이 그 위를 얼마만큼 교차해 지나갔건 간에 인생의 고달픔과 때로 가혹함을 가차 없이 드러내 보여 주는 섬뜩한 징표가 된다. 그때 육체는 따뜻한 살과 피가 도는 인간의 것이 아니라 그저 수명이 다한 쓸모없는 물체에 지나지 않는다. 육체는 모골이 송연하도록 그것의 물체성을 자백하고 나서는 것이다.

지상에서 가장 희생적이며 무한한 사랑의 주인공인, 그래서 또한 어느 누구보다도 근심과 상처가 깊은 '어머니'와 그 어머니를 '땅을 거의 누르지도 않을' 만큼 그토록 비인간적으로 '가볍게' 만든

'죽음', 그리고 죽음을 통해 드러난 어머니의 그 '가벼움'이 생전에 어머니가 겪은 삶의 고통을 반증하는 것임을 말하는 브레히트의 이 시가 가진 힘은 삶에 관한 깊이 있고도 날카로운 통찰이 주는 놀라움과 더불어 그것을 일체의 기교나 장식 없이 담담하고 사실적으로 표현하고 있는 시인의 언술(言述) 방식이다.

무엇보다도 이 시는 슬프다. 그리고 서글프다. '이처럼 가볍게 되기까지' 고통에 휩쓸려야 하는 것이, 끊임없이 무엇인가 살아가는 일에 몸 달아야 하는 것이 우리에게 부여된 삶이라는 것의 속성임을 이 시는 확인시켜 준다.

땅에 누웠으나 '땅을 누르지도 않을' 만큼 인간으로서의 최소한의 무게마저 잃어버린 '그녀'의 숨이 빠져나간 육체를 우리는 두 손에 든 채 들여다보고 있는 것이다. 흡사 나무막대와 다를 것 없는 빈 육체만이 덩그러니 그나마 우리가 존재하고 살아 있었음을 밝히는 유일한 물증으로 남는다. 누구의 삶이든 처연하고, 모든 끝은 슬프다.

이 세상에 막 태어났을 때 그녀의 육체는 3.3kg
여덟 살이 되었을 때 그녀의 육체는 18kg
열네 살 땐 36kg
스물네 살 땐 51kg

스물일곱 살 땐 52kg……

해마다 불어나는 육체가 무거워

휴일이 오면 그녀는

종일을 누워 지낸다

대낮의 밝은 햇빛 아래서도

무거운 육체를 질질 끌며 다닌다

먹기 위해 벌려야 하는 입술이 무겁고

입술 끝에 매달린 말 한마디가 무겁고

웃음 짓듯 치켜올려야 하는 입꼬리가 무겁고

사랑할 수밖에 없는 그 남자가 무겁다

한 해가 또 가고

그 다음 한 해가 또 가고

그렇게 무수한 한 해가 가면

그녀의 육체는 몇 kg이 될까?

몇 kg이 되었을 때 그녀는 그녀의 육체로부터 가볍게 뜰까?

— 〈나이를 먹어 가는 그녀〉

육체의 무거움을 통해 삶의 무거움을 토로한 나의 시다. 삶은 늘, 여전히, 아니 점점 더 무겁고 그 삶을 운위해 가고 있는 이 육체도 더불어 무겁다. 육체가 삶의 무거움을 부추기는 원흉(元兇)인지도 모른다. 죽음만이 순식간에 이 육체로부터 무게를 거둬 갈 수 있으리라.

육체의 무게 상실, 육체로부터의 무게 박탈을 통해 삶과 죽음의 확연한 경계를 간명한 어조로 표현한 브레히트의 시 〈나의 어머니〉는 삶과 죽음에 대한 예사롭지 않은 통찰을 단 4행의 짧은 시에, 그러나 모자람 없이 충분히 담아냄으로써 나를 매료시켰다. 이 시는 또한 내게 있어 시의 전범(典範)이 되었다.

삶과 죽음에 관한 통찰을 담은 브레히트의 또 다른 한 편의 시를 소개한다.

1

차가운 바람 가득한 이 세상에
너희들은 발가벗은 아이로 태어났다.
한 여자가 너희들에게 기저귀를 채워줄 때
너희들은 가진 것 하나도 없이 떨면서 누워 있었다.

2

아무도 너희들에게 환호를 보내지 않았고, 너희들을 바라지 않았으며,
너희들을 차에 태워 데리고 가지 않았다.

한 남자가 언젠가 너희들의 손을 잡았을 때
이 세상에서 너희들은 알려져 있지 않았었다.

3

차가운 바람 가득한 이 세상을
너희들은 온통 딱지와 흠집으로 뒤덮여서 떠나간다.
두 줌의 흙이 던져질 때는
거의 누구나 이 세상을 사랑했었다.

—〈세상의 친절〉

　나는 바꾸어 말하련다. "두 줌의 흙이 던져질 때는 거의 누구나
삶을 사랑했었다" "두 줌의 흙이 던져질 때는 거의 누구나 사랑받
고 용서받아야 할 불쌍한 인간이었다"라고.

완성, 파괴의 시작이며
창조의 시작이다

파괴하고 파괴하고 파괴하는 것, 누구나 인생에서
중요한 파괴를 한다. 태어남 자체도 하나의 파괴일 수
있다. 하지만 그 파괴는 지속적으로 이루어지지 않는다.
우리는 곧 그것을 쌓게 되고, 그 안에 갇힌다.
그리고 소멸해 간다.

이브 본느프와 미완성이 최고다

이수명

서울대 국문과를 졸업하고 《작가세계》로 데뷔, 문단활동을 시작했다. 1995년 《새로운 모독이 거리를 메웠다》, 1998년
《왜가리는 왜가리 놀이를 한다》 등 두 권의 시집을 냈다.

미완성이 최고다

이브 본느프와

파괴하고 파괴하고, 그리고 또 파괴해야만 했다.
구원은 그 대가로만 이루어진다.

대리석 속에 떠오르는 벌거벗은 얼굴을 파괴할 것.
완성이란 입구이므로 완성을 사랑할 것. 하지만 알게 되면 곧 그것을 부정할 것
이며, 죽게 되면 곧 그것을 잊어버릴 것.

미완성이 최고다.

완성, 파괴의 시작이며 창조의 시작이다

　　많은 시들이 있지만 나의 생각을 읽어 주는 시를 만나기는 쉽지 않다. 남편이 사다 준 시집 속에 있었던 이 시를 접했을 때 나는 내 식으로, 이 시가 나의 시론(詩論)적 성격을 가지고 있다고 생각했다.

　중·고등학교 때, 그리고 대학시절에도 시랍시고 쓰기는 했지만, 나는 내가 문학에 특별한 재능이 있는 사람이라는 생각은 하지 않았다. 나는 그저 고독하고 회의적일 뿐이었다. 기억하기로는, 내가 고독에 대해 최초로 자각한 것은 초등학교 4학년 때였다. 노트 두 페이지에 걸쳐 고독에 대해 상세한 기록을 했는데, 당시 그 글을 쓰면서 스스로 깨어나던 의식에 놀라워하던 느낌이 생생하다.

　어릴 때부터 내게 고독이란 자유와 같은 것이었다. 나는 학교에서는 감투를 싫어했고, 식당에서는 밥을 혼자 먹는 것을 좋아했다. 여행을 싫어했고, 사람들과 어울려 밤늦게 술 마시는 것을 좋아하지 않았다. 지금도 출판 기념회나 시상식 같은 곳에 잘 나가지 않지만, 어쩌다 나갔을 때는 시 쓰는 사람이 왜 술을 마시지 못하느냐는 소리를 한 번씩은 듣는다. 혼자 있어야 편안해지고 활기를 되찾을 뿐 아니라 무엇보다 그래야 나는 움직이고 탐구한다. 그것은 나의 생리였다. 아마 고독했기에 나는 시를 썼던 것 같다. 그것은 혼자 있는 내가 세계를 이해하는 방식이었다.

이와 더불어 또 나는 지독히도 회의적이었다. 회의적이라는 것은 비켜서는 것을 의미한다. 이것은 물론 어떤 사건으로부터, 어떤 이익으로부터, 어떤 무리로부터 비켜서는 것이겠지만 무엇보다도 자신으로부터의 비켜섬을 뜻하는 것이었다. 나는 높이 쌓아 올린 후 허무는 것을 좋아했다. 내가 쌓아 올린 것을 언제나 가장 낮은 지점으로 되돌려 놓는 순간이 내게는 더 큰 기쁨을 주었다. 내면의 건축과 이것으로부터의 거리, 내 시의 방식은 여기에 있지 않나 싶다.

본느프와의 시는 이것을 잘 나타내 준다. 파괴하고 파괴하고 파괴하는 것, 누구나 인생에서 중요한 파괴를 한다. 태어남 자체도 하나의 파괴일 수 있다. 하지만 그 파괴는 지속적으로 이루어지지 않는다. 우리는 곧 그것을 쌓게 되고, 그 안에 갇힌다. 그리고 소멸해 간다.

지속적으로 파괴하는 것은 이와는 반대의 길이다. 한 번이 아니라 두 번, 두 번이 아니라 세 번, 세 번이 아니라 네 번 등등으로 이어지는 파괴의 길은 그 지속성 속에서 자신의 감정, 경험, 위엄과 같은, 자신이 높이 쌓아 올린 함정에 빠지지 않게 해주며, 날마다 세계와 대면하게 해준다. 날마다 처음으로 태어나는 것이다. 이것이 구원이 아니고 무엇이겠는가.

내가 이 시에서 좋아하는 부분은 "대리석 속에 떠오르는 벌거벗은 얼굴을 파괴할 것"이라는 구절이다. 이 한 구절 때문에 이 시가 눈에 들어왔다. 조각가가 조각을 하는 상황처럼 예시된 이 부분은 예술이 어떠한 것인가를 독창적으로 제시한다. 조각가는 조각을 할 때 대리석 속에 숨어 있는 얼굴, 이것을 찾아내어 조각하는 일에 전력 투구한다. 떠오르는 얼굴에 집중해서 그것이 사라지지 않도록, 순간을 놓치지 않고 조각해 내야 하는 것이다. 그러나 그의 이러한 고투(苦鬪)를 아랑곳하지 않고 본느프와는 말한다. 이 얼굴을 파괴하라고.

이것은 조각가에게 작업의 근본을 허물라는 가혹한 명령이다. 영감(靈感)이 되었든, 상상이 되었든, 추구하는 바가 되었든 자신이 추적하는 것을 파괴하는 일은 불가능에 가깝다. 하지만 이것으로부터의 도피, 이것의 파괴는 예술가에게 무서운 힘을 실어 줄 것이 분명하다. 그는 한 번에 토해 내는 것이 아니라, 한 번 토해 낼 것을 삼키고 그것을 제압한 후, 그 위에 새로운 것을 건설하는 것이다. 예술가 본인에 의해서 먼저 삼켜진 작품은 그렇지 않은 경우보다 틀림없이 더 견고할 것이다.

본느프와는 "완성이란 입구"라고 말한다. 완성은 끝이 아니라 파괴의 시작이고, 창조의 시작이다. 때문에 완성을 사랑하지만 이를 부정할 것이며 곧 그것을 잊어버리라고 말함으로써 예술 창조의 지난(至難)한 과정을 들려주고 있다. 예술은 자신을 제압하는 형식이

다. 자신이라는 성채를 제압하고 세계를 바라보는 형식이다. 본느
프와는 짧은 시 속에 이것을 정확하게 기록해 두고 있다.

공포가 불안보다 낫다

도대체 시를 이렇게 쓴다는 것 자체가 혁명이라면
혁명이고 장난이라면 장난이다. '조감도(鳥瞰圖)'를 '오
감도(烏瞰圖)'라고 패러디함으로써 자신을
새가 아닌 까마귀로 인식하는 자기 풍자도 좋고,
그러므로 그는 이 시에서 까마귀의 눈으로
아래를 비스듬히 내려다본다.

이승훈

이상=오감도(烏瞰圖) 시 제1호

1942년 춘천에서 출생하여 한양대 국문과 및 연세대 대학원을 졸업했다. 1963년 《현대문학》으로 등단했으며, 현재 한양대 국문과 교수로 재직중이다. 현대문학상, 한국시협상을 수상하였으며 저서로는 시집 《사물A》, 《당신의 방》, 《너라는 환상》, 《나는 사랑한다》, 《너라는 햇빛》 등과 시론집 《시론》, 《모더니즘 시론》, 《포스트모더니즘 시론》, 《한국현대시론사》, 《한국모더니즘 시사》 등 다수가 있다.

오감도(烏瞰圖) 시 제1호

이상

13인의아해가도로로질주하오.
(길은막다른골목이적당하오)

제1의아해가무섭다고그리오.
제2의아해도무섭다고그리오.
제3의아해도무섭다고그리오.
제4의아해도무섭다고그리오.
제5의아해도무섭다고그리오.
제6의아해도무섭다고그리오.
제7의아해도무섭다고그리오.
제8의아해도무섭다고그리오.
제9의아해도무섭다고그리오.
제10의아해도무섭다고그리오.

제11의아해가무섭다고그리오.
제12의아해도무섭다고그리오.
제13의아해도무섭다고그리오.
13인의아해는무서운아해와무서워하는아해와그렇게뿐이모였소.

(다른사정은없는것이차라리나았소)

그중에1인의아해가무서운아해라도좋소.

그중에2인의아해가무서운아해라도좋소.

그중에2인의아해가무서워하는아해라도좋소.

그중에1인의아해가무서워하는아해라도좋소.

(길은뚫린골목이라도적당하오)

13인의아해가도로로질주하지아니하여도좋소.

공포가 불안보다 낫다

내가 이상의 시를 처음 접한 것은 고교 2학년 때이다. 50
년대 말 나는 춘천에서 고등학교를 다니고 있었다. 당시만 해도 시
집이 많지 않던 때라 그 동안 읽은 시들은 대체로 교과서에 실린
시들이 전부였고, 우연히 서점에 들러 구한 책이, 지금 내 기억이
틀림없다면, 서정주가 펴낸 문고판 크기의 《한국명시선》이었고, 그
책에서 처음 이상의 시를 읽었다.

특히 나를 매혹시킨 작품은 〈아침〉이었다. 이 시는 "캄캄한공기
를마시면폐에해롭다. 폐벽에끌음이앉는다. 밤새도록나는몸살을앓
는다. 밤은참많기도하더라. 실어내가기도하고실어들여오기도하고
하다가잊어버리고새벽이된다. 폐에도아침이켜진다. 밤사이에무엇
이없어졌나살펴본다. 습관이도로와있다. 다만치사(侈奢)한책이여러
장찢겼다. 초췌한결론위에아침햇살이자세히적힌다. 영원히그코없
는밤은오지않을듯이"처럼 전개된다. 이 시에 끌린 것은 당시 내가
폐를 앓아서가 아니라 (나는 그때 폐를 앓지 않았고 30대 초반에 앓
았지만 자동적으로 치유되었다.) 고교시절 나를 감싸던 어두운 가정
환경, 병든 내면, 비관주의, 불안 때문이었고, 이 시에서 그런 나
의 내면을 읽을 수 있었기 때문이다.

이 시는 밤새도록 폐결핵에 시달리는 이상 자신의 삶을 현대적인

감각으로 노래하면서 "초췌한결론위에아침햇살이자세히적힌다. 영원히그코없는밤은오지않을듯이"라고 끝난다. 문제는 "코 없는 밤"이고, 그후로도 이놈의 "코 없는 밤"은 내 청춘의 화두(話頭)였다. 영원히 그 코 없는 밤은 다시 오지 않는가? 그후 논문을 쓰면서 '코'는 호흡, 냄새와 관련되는 이미지이고, 따라서 "코 없는 밤"은 호흡이 끊긴 세계, 곧 생명의 소멸을 지시하는 밤, 어떤 향기도 없는 밤을 뜻한다는 상식에 가까운 해석을 했지만, 내 능력이 그 정도이니 할 말이 없고, 할 말이 없다는 것은 이 '오감도 시 제1호' 역시 마찬가지다.

　도대체 시를 이렇게 쓴다는 것 자체가 혁명이라면 혁명이고 장난이라면 장난이다. '조감도(鳥瞰圖)'를 '오감도(烏瞰圖)'라고 패러디함으로써 자신을 새가 아닌 까마귀로 인식하는 자기 풍자도 좋고, 그러므로 그는 이 시에서 까마귀의 눈으로 아래를 비스듬히 내려다본다. 무엇이 보이는가? 도로로 질주하는 13인의 아해가 보이고, 그는, 이상은, 까마귀는, 식민지 시대의 병든 청춘은 바로 질주하는 13인의 아해로 투사(透寫)된다. 그러므로 13인의 아해는 13인의 아해이며 동시에 시인 이상의 초상이다. 그는 자기 초상을 보면서 13인의 아해가 도로로 질주한다고 말하지만 시의 끝에 오면 도로로 질주하지 않아도 좋다고 말한다. 그렇다면 13인의 아해는 지금 이 시 속에서 도로를 질주하는가, 질주하지 않는가? 아해들은 질주하고, 질주하지 않는다. 모두는 모두이며 모두가 아니다. 질주는 중요한 게 아니다.

어디 그뿐인가? 길은 막다른 골목이 적당하다고 말하지만 시의 끝에 오면 뚫린 골목이라도 적당하다고 말한다. 그러므로 길도 문제가 아니다. 어디로 질주하는가는 중요치 않다. 13인의 아해는 무섭다고 중얼대면서 질주하지만 그 중에 몇 명이 무서운 아해이고 몇 명이 무서워하는 아해인가도 중요치 않다. 왜냐하면 그 중에 몇 명이 무서운 아해이고 몇 명이 무서워하는 아해인가는 아무래도 좋기 때문이다. 그러므로 무서움, 공포의 주체와 객체는 중요치 않고, 남는 것은 공포 자체이다. 공포의 현상학?

그러므로 이 시는 대상, 객체가 드러나지 않는 공포, 곧 불안을 노래한다. 내가 처음 이 시를 읽고 매혹된, 질린, 놀란 부분은 지루하게 반복되는 형식, 특히 2연에 반복되는 "제1의아해가무섭다고그리오. /제2의아해도무섭다고그리오" 같은 시행들의 반복이고, 지금도 이 반복이 계속 문제이다. 이런 반복 형식은 반복 충동을 반영하고 반복 충동은 충동의 반복이다. 이상의 시에 나타난 자아 문제를 중심으로 학위 논문을 쓰고, 물론 상식 수준이지만, 그때도 그렇고 지금도 그렇고, 이 시의 주제는 대상이 없는 공포, 말하자면 불안이고, 당시엔 하이데거의 말을 인용하면서 말한 바 있고, 그후 라캉의 말을 인용하면서 다시 불안을 해석했지만 오늘날은 반복 충동도 문제이다.

왜 이렇게 같은 형식들을 반복하는가? 그것은 반복 충동 때문이고, 반복은 발전이 아니라 회귀(回歸)이다. 어디로 돌아가는가/가야 하는가? 프로이트에 의하면 반복 충동은 죽음 충동과 관련된다. 생물은 무생물에서 발전하고, 유기물은 무기물에서 발전하고, 인간은 최초의 고향으로 돌아가기를 원하고, 이때 고향은 무기물, 곧 죽음의 세계이다. 결국 반복은 죽음을 그리워하고, 이상은 죽음을 그리워한다. 그러나 리비도(성본능)와 죽음 본능이 하나라면? 이때는 반복 충동이 죽음과 리비도를 동시에 지향한다. 라캉 식으로는 지나친 즐거움, 희열, 주이상스로의 회귀이다. 반복은 발전이 아니라 회귀이고, 이 회귀는 죽음을 지향하면서 동시에 죽음을 동반하는 쾌락, 주이상스를 지향한다. 반복은 죽음을 사랑하고, 죽음은 성적 쾌락을 사랑하고, 성적 쾌락은 죽음을 순간적으로 반복한다.

문제는 다시 불안이다. 프로이트에 의하면 불안에는 원초적 불안과 신호적 불안이 있다. 전자는 탄생 자체가 환기(喚起)하는 불안, 태어날 때 어머니와의 분리가 환기하는, 대상으로서의 어머니를 상실하는 불안이고, 그후에는 사랑의 대상을 상실할 때 나타난다. 후자는 예기되는 위험, 리비도 억압, 본능적·정서적 긴장이 환기한다. 이상의 경우 문제는 어머니와의 분리이고, 이 분리가 결여 혹은 결핍을 낳는다. 그러나 라캉에 의하면 불안은 어머니 분리가 아니라 어머니가 나를 삼킬지도 모른다는 공포가 낳는다. 어머니는 거울이고, 따라서 거울 앞에서의 공포, 거울이 나를 삼킬지도 모른다는 공포가 불안을 낳는다. 이런 해석은 한이 없다. 문제는 불안의 원인이다. 어머니 분리인가, 어머니 분리 결여인가?

이상의 경우엔 어머니 분리가 아니라 어머니 분리 결여가 문제이다. 그는 3세 때 백부 김연필의 양자로 가서 나르시스 단계에 상처를 입게 되는데, 이 상처는 정상적인 오이디프스 단계로 들지 못함을 의미한다. 아버지가 개입하기 전에 그는 어머니와 헤어졌기 때문에 정상적인 어머니 분리를 체험하지 못한 것이다. 그런 점에서 그는 어머니 분리가 아니라 어머니 분리 결여를 앓는다. 결여가 욕망을 생산한다면 결여의 결여는 불안을 생산한다. 욕망에는 대상이 있지만 불안에는 대상이 없고, 공포에는 대상이 있지만 불안에는 대상이 없다. 불안은 부재를 먹고 산다. 공포가 불안보다 낫다. 이상을 돕자.

책값 지불을 깜빡
잊어버리게 한 시집

슬픔과 어리석음을 소처럼 되새김질하며 살아가는
나 자신이 부끄러워질 때면, 나도 백석처럼 조용히
무릎을 꿇고 마른 잎새에 쌀랑쌀랑 소리 내며 눈을 맞고
서 있을 굳고 정한 갈매나무를 생각하곤 한다.
그러면 한결 마음이 가라앉고 맑아진다.

이준관

백석—남신의주 유동 박시봉방

전북 정읍에서 태어나 전주교대와 고려대 교육대학원을 졸업하였다. 1974년 월간 시지 《심상》 신인상 시 당선으로 등단
하여 제2회 김달진 문학상을 수상하였고, 《황야》, 《가을 떡갈나무 숲》, 《열 손가락에 달을 달고》 등의 시집이 있다.

남신의주 유동 박시봉방(南新義州 柳洞 朴時逢方)

백석

어느 사이에 나는 아내도 없고, 또,

아내와 같이 살던 집도 없어지고,

그리고 살뜰한 부모며 동생들과도 멀리 떨어져서,

그 어느 바람 세인 쓸쓸한 거리 끝에 헤매이었다.

바로 날도 저물어서,

바람은 더욱 세게 불고, 추위는 점점 더해 오는데,

나는 어느 목수네 집 헌 삿을 간,

한 방에 들어서 쉬을 붙이었다.

이리하여 나는 이 습내 나는 춥고, 누긋한 방에서,

낮이나 밤이나 나는 나 혼자도 너무 많은 것같이 생각하며,

딜옹배기에 북덕불이라도 담겨오면,

이것을 안고 손을 쬐며 재 우에 뜻 없이 글자를 쓰기도 하며,

또 문밖에 나가지두 않구 자리에 누워서,

머리에 손깍지베개를 하고 굴기도 하면서,

나는 내 슬픔이며 어리석음이며를 소처럼 연하여 쎄김질하는 것이었다

내 가슴이 꽉 메어올 적이며,

내 눈에 뜨거운 것이 핑 괴일 적이며,

또 내 스스로 화끈 낯이 붉도록 부끄러울 적이며,

나는 내 슬픔과 어리석음에 눌리어 죽을 수밖에 없는 것을 느끼는 것이었다.

그러나 잠시 뒤에 나는 고개를 들어,

허연 문창을 바라보든가 또 눈을 떠서 높은 천정을 쳐다보는 것인데,

이때 나는 내 뜻이며 힘으로, 나를 이끌어가는 것이 힘든 일인 것을 생각하고,

이것들보다 더 크고, 높은 것이 있어서, 나를 마음대로 굴려가는 것을 생각하는 것인데,

이렇게 하여 여러 날이 지나는 동안에,

내 어지러운 마음에는 슬픔이며, 한탄이며, 가라앉을 것은 차츰 앙금이 되어 가라앉고,

외로운 생각만이 드는 때쯤 해서는,

더러 나줏손에 쌀랑쌀랑 싸락눈이 와서 문창을 치기도 하는 때도 있는데,

나는 이런 저녁에는 화로를 더욱 다가 끼며, 무릎을 꿇어보며,

어느 먼 산 뒷옆에 바우섶에 따로 외로이 서서,

어두워 오는데 하이야니 눈을 맞을, 그 마른 잎새에는,

쌀랑쌀랑 소리도 나며 눈을 맞을,

그 드물다는 굳고 정한 갈매나무라는 나무를 생각하는 것이었다.

책값 지불을 깜빡 잊어버리게 한 시집

처음으로 '백석(白石)'이라는 이름을 들은 것은 80년대 초였다. 어느 문우(文友)로부터 백석의 시가 좋다는 말을 들었으나 정작 그때는 그의 시를 구해서 읽을 수가 없었다. 당시 백석의 이름은 정지용, 김기림처럼 금기시되던 시기였기 때문이다.

은밀히 풍문으로만 떠돌던 백석의 시를 읽을 수 있게 된 것은 80년대 중반 무렵이었다. 시골에 묻혀 살던 나는 한 달에 한 번 전주로 세상 나들이를 갔었다. 지금은 이름을 잊었지만, 그 좁고 허름한 서점에서 백석의 시집을 처음 보았을 때의 그 감격은 잊을 수가 없다.

그 시집은 〈기민사〉라는 생소한 출판사에서 《기민근대시선》 첫째 권으로 재간행된 《사슴》이었다. 재간행 시집에는 백석 시집 《사슴》이 1936년 1월 20일 1백 부 한정판으로 초판이 발행되었다는 소개와 함께 첫 시집에는 수록되지 않은 〈남신의주 유동 박시봉방〉을 넣었다는 글이 쓰여 있었다.

나는 지금도 백석의 얇은 재간행 시집 《사슴》을 펼치던 때의 사뭇 떨리던 손길을 생생히 기억한다. 평안도 방언으로 쓰여진 유년 시절의 추억담과 향토적인 세계, 동화와 전설의 세계, 그리고 선명한 심상으로 묘사된 북방 정서는 김기림의 평(評)대로 '유니크'한 것이었다.

　나는 이 책을 서점에서 선 채로 단숨에 읽었다. 그리고 여러 번 읽고 또 읽었다. "별 많은 밤/하늬바람이 불어서/푸른 감이 떨어진다 개가 짖는다 〈청시(靑柿)〉"라는 시처럼 푸른 감이 떨어지고 개가 짖는, 별 많은 밤의 풍경이 눈에 삼삼히 떠올라서 시집을 손에서 놓을 수가 없었다.

　백석의 시에 심취한 나는 그만 실수를 하고 말았다. 책값 지불을 깜빡 잊어버리고 나도 모르게 책을 그대로 들고 나온 것이다. 한참 거리를 걷다가 책값을 지불하지 않고 온 사실을 깨닫고는 황급히 서점으로 달려갔다. 책값을 주고 주인에게 미안하다고 말했다.

　책값 지불을 깜빡 잊어버리게 한 시집!

　어쨌든 그때부터 나는 백석의 시를 열렬히 사랑하는 사람 중의 하나가 되었다.

　백석의 시 중에서 특히 이 〈남신의주 유동 박시봉방〉은 내가 사는 일이 힘들고 버거울 때마다 읽으면서 힘을 얻는 시다.

1

　이 시는 백석이 가장 외롭고 고통스러울 때 쓴 시다. 이 시를 읽을 때마다 백석이 맞닥뜨린 절망과 슬픔이 내 가슴을 저리게 한다. 슬픔과 어리석음과 부끄러움에 눌리어 죽을 수밖에 없다고 토로하는 시인의 암울한 심정이 내 마음을 아프게 한다.

백석의 시 〈남신의주 유동 박시봉방〉은 지적으로 세련되고 깔끔하게 다듬어진 시가 아니다. 오히려 참나무 등걸처럼 거칠고 덜 다듬어진 시다. 그러나 투박하고 진솔한 자기 고백, 외로움에 짓눌린 듯한 어눌한 말투가 읽는 이의 마음을 흔든다.

해방 후 신의주에서 거주하던 시절에 쓰여진 것으로 보이는 이 시는 시인의 절박한 체험이 깔려 있기에 더 감동적이다.

살던 집도 없어지고, 사랑하는 가족들과도 헤어져 춥고 습기 진 방에서 혼자 슬픔과 어리석음을 소처럼 새김질하는 시인의 모습에 나는 깊은 연민의 정을 느낀다. 그리고 백석이 그러했듯이 나 또한 가슴이 꽉 메어 오고 내 눈에는 뜨거운 것이 고이곤 한다.

그것은 어쩌면 가난하고 외롭던 내 소년시절의 슬픔이 새삼 떠오르기 때문일지도 모르겠다. 나는 농촌에서 태어나고 자랐지만, 내가 살던 집은 논 한 뙈기도 없이 오직 조그만 구멍가게의 수입으로 살아가는 빈농이었다. 더욱이 아버지는 지병(持病)인 천식으로 인해 생활 능력이 없었다.

구멍가게에 딸린 조그만 방.

비가 오면 빗물이 새는 습기 진 춥고 누긋한 방에서 나는 '가슴이 꽉 메어 오고 눈물이 핑 고이던' 소년시절을 보냈다. 그러기에 춥고 누긋한 방에서 "낮이나 밤이나 나 혼자도 너무 많은 것 같이"

고통스러워하는 백석의 슬픔은 자연스럽게 나의 아픔으로 절절히 다가온다.

그러나 이 시가 단지 슬픔과 외로움의 정서로만 끝났다면 한갓 값싼 감상주의 시로 떨어지고 말았을 것이다. 사실 이 시의 진정한 힘은 후반부에 있다. 이 시는 후반부에 이르러 희망의 메시지로 바뀌게 된다.

시인은 차츰 마음의 안정을 갖게 되는데, 그것은 이 세상이 자신의 뜻과 힘대로 살아가기 힘들다는 것을 깨닫게 된 다음부터다. 자신의 뜻과 힘보다 "더 크고, 높은 것이 있어서" 자신을 끌고 간다고 생각한 다음부터 시인의 슬픔과 한탄은 차츰 가라앉고 마음의 안정을 찾게 된다.

그리고 시인은 무릎을 꿇고, 마른 잎새에 쌀랑쌀랑 눈을 맞으며 서 있을 "굳고 정한 갈매나무"를 생각하면서 외롭고 추운 겨울을 견뎌 낸다. 즉, 시인은 굳고 정결한 갈매나무처럼 크고 높은 이상을 꿈꾸고 열망함으로써 현실의 아픔을 극복하게 되는 것이다.

2

슬픔과 어리석음을 소처럼 되새김질하며 살아가는 나 자신이 부끄러워질 때면, 나도 백석처럼 조용히 무릎을 꿇고 마른 잎새에 쌀랑쌀랑 소리 내며 눈을 맞고 서 있을 굳고 정한 갈매나무를 생각하곤 한다. 그러면 한결 마음이 가라앉고 맑아진다.

백석이 한때 머물렀던 주소지를 따서 시 제목으로 붙인 〈남신의주 유동 박시봉방〉은 굳고 정한 갈매나무처럼 크고 높은 뜻을 생각하게 해주는 시다. 그리고 정갈하고 맑은 희망을 갖게 해주는 시다. 그러기에 나는 내 영혼이 지치고 힘들 때면 이 시를 읽으면서 내 삶을 반성해 보기도 하고, 또한 마음의 위안과 함께 삶의 힘을 얻기도 한다.

명태 사람과 멧새소리

그 동안 나는 백석의 〈멧새소리〉를 읽을 때마다
50여 년 전의 덕장을 만나곤 했다.
이번엔 시 스스로가 나의 병상을 찾아와서,
다친 몸을 위로하고 곁에 없는 사람들을
가깝게 느끼게 해준다.

백석_멧새소리

이향지

1942년 통영 출생으로 1967년 부산대를 졸업하였다. 1989년 《월간문학》으로 등단하였으며, 시집으로 《괄호 속의 귀뚜라미》, 《구절리 바람소리》, 《물이 가는 길과 바람이 가는 길》이 있고, 산악관련 저서로 《금강산은 부른다》, 《북한 쪽 백두대간, 지도 위에서 걷는다》가 있다.

멧새소리

백석

처마끝에 명태를 말린다
명태는 꽁꽁 얼었다
명태는 길다랗고 파리한 물고긴데
꼬리에 길다란 고드름이 달렸다
해는 저물고 날은 다 가고 별은 서러웁게 차갑다
나도 길다랗고 파리한 명태다
문턱에 꽁꽁 얼어서
가슴에 길다란 고드름이 달렸다

명태 사람과 멧새소리

    나는 지금 왼쪽 다리에 깁스를 하고, 〈멧새소리〉를 듣는다. 병상에 누워서 듣는 〈멧새소리〉는 몸의 부자유를 더욱 일깨운다. 반신 마취를 하고, 수술대에 묶여서 듣던 〈멧새소리〉는, 더더욱 그러했다. 병실 창밖엔 연두 잎이 만발하였는데, 100여 미터 저쪽에서 손짓하는 신록 숲이 피안처럼 멀다. 신록 끝엔 튀밥처럼 아카시아꽃이 널렸다. 코를 킁킁거리며 공기를 길게 들이마셔도 비릿한 꽃향기까지는 닿지 못한다.

  명태는 어떨까? 깊은 산중 외딴집 추녀 끝에서 고드름을 매달고 말라 가는 명태는 과연 어떨 것인가. 넓은 바닷속에서 헤엄치던 몸이 처마 끝에 수직으로 매달려 있다. 제 몸 씻어 내린 물이 꼬리 끝에 고드름으로 얼어붙는 날. 알과 내장은 소금에 절여져 젓갈로 탈바꿈중이다. "해는 저물고 날은 다 가고 별은 서러웁게 차갑다." 바다를 언제 떠났나. 어떤 탈것에 실려서 이 산골까지 왔나. 감지 못하는 눈동자 속으로 구름만 흘러간다. 박탈당한 자유. 끈을 놓아버린 생(生). 찢기고 토막 나서 먹힐 때까지, 처절한 순응이 있을 뿐이다.

  꼬리 끝에 고드름을 길다랗게 매달고 말라 가는 명태나 몇 마리 지키며 낯선 문턱을 넘지 못하는 사람은 또 어떨 것인가. 눈은 쌓이고, 길은 끊기고, 설은 다가오는데 주머니는 비었다. 돌아가야 할 집, 만나고 싶은 사람들은 먼 곳에 있다. 곧추서서 걸어야 할 몸이 문턱에 걸려 길게 엎드려 있다. "문턱에 꽁꽁 얼어서/가슴에 길다란 고드름이 달렸다." 나무열매나 풀씨들이 눈 속에 묻히자 먹이를 찾아 마을로 내려온 작은 멧새들. 그 작은 것들의 자유에도 미치지 못한다. 그 작은 것들의 지저귐과 절대 비상에도 미치지 못하는 명태 사람의 부자유. "나도 길다랗고 파리한 명태다." 발목에 길다랗게 고드름이 달렸다.

같은 시도 읽는 사람의 장소와 처지에 따라서 이렇게 느낌이 달라진다. 그 동안 나는 백석의 〈멧새소리〉를 읽을 때마다 50여 년 전의 덕장을 만나곤 했다. 이번엔 시 스스로가 나의 병상을 찾아와서, 다친 몸을 위로하고 곁에 없는 사람들을 가깝게 느끼게 해준다.

10살 무렵이었다. 대구 떼를 가득 품은 한류가 내 고향 통영 근해까지 흘러들었다. 항구로 돌아오는 배마다 만선의 깃발을 높이 올렸다. 요즘처럼 냉동시설이 잘 갖춰져 있는 때도 아니었다. 어시장엔 대구가 산처럼 쌓이고, 그만큼 값도 쌌을 것이다. 마당 넓은 집마다 대구를 말리느라 법석을 떨었는데, 부지런한 내 어머니가 그 황금의 때를 그냥 보낼 리 없었다. 우리 집 마당도 대구 덕장으로 변한 것이다.

아래채와 위채의 서까래마다 대못이 쿵쿵 박히고, 굵은 철사들이 거미줄처럼 마당 위를 덮었다. 곳곳에 보조 바지랑대를 세웠지만, 급조(急造)한 덕대는 젖은 대구의 무게를 감당하기엔 역부족이었다. 아기 키만한 대구들이 빽빽하게 걸리자, 굵은 철사도 견디지 못하고 툭, 툭, 끊어졌다. 그때마다 새로운 못이 박히고, 끊어진 철사를 이어야 했고, 흙 묻은 대구를 씻느라 두레박으로 우물물을 퍼 올려야 했다.

잔챙이 고기도 자주 사 오지 않던 어머니가 아기 키만한 대구들을 리어카로 몇 대씩 실어 올 때, "옴마! 이 대구가 다 우리 꺼가?" 하고 흥분하던 기쁨도 사흘이 가지 못해 시무룩한 불평으로 변하고 말았다. 화장실도 대문도, 아래채에 있는 방들도 대구 그늘을 통과해야만 닿을 수 있었기 때문이다. 내 눈 높이까지 내려온 대구 꼬리들이 얼굴을 할퀴거나 뒤통수를 쳤고, 꼬리를 타고 끝도 없이 흘러내리는 진물에 옷마다 얼룩이 졌다. 마루에서 마당으로 내려서는 순간부터 키대로 곧추선 대구들의 집요한 검열을 받아야 했던 것이다. 키 작은 내가 그러했으니, 키가 크신 아버지, 오빠, 언니들은 오죽했을 것인가.

식구들의 끊임없는 지청구를 들으며 대구들은 말라 갔다. 느리게, 느리게, 말라 갔다. 대구꼬리가 나뭇가지처럼 빳빳해졌을 때, 어머니는 드디어 덕대를 걷었다. 한 마리만 건드려도 떼를 지어 흔들리던 대구들. 버석버석 소리를 내던 묵직한 물결을 기억한다. 그 꼿꼿하고 비릿하고 우중충하던 겨울 구름 떼. 누구에게 얼마에 팔려 갔는지, 그 일로 어머니가 얼마를 벌었는지, 그 돈으로 우리의 무엇이 얼마나 더 곤궁을 면했는지는 몰라도, 1950년대 그 지독한 보릿고개. 비록 통대구를 맛나게 먹지는 못했지만, 대구알젓과 장지젓은 온 식구가 물리도록 먹을 수 있었다.

그 덕장의 기억 속에는 내 귀에만 들리는 〈멧새소리〉가 깃들어 있다. 지금의 나보다 열 살쯤 젊으셨던 아버지. 내가 태어나고 자란 고장의 읍장까지 지내셨으나, 수입 없이 지내는 날이 더 많으셨던 분. 곧추서서 마당을 덮은 대구 떼와 자신의 능력으로는 아무것도 해줄 수 없는 아이들을 번갈아 바라보아야 했을, 그분 또한 명태 사람. "문턱에 꽁꽁 얼어서/가슴에 길다란 고드름이 달"려, 지금 내가 듣는 〈멧새소리〉를 무수히 듣지 않으셨을까.

명태는 대구와 같은 족속이다. 나는 연중행사처럼 명태 덕장을 보러 다녔다. 겨울의 끝 무렵, 대관령 그늘 횡계리로 가면 송천 가에 벌여 놓은 명태 덕장들을 볼 수 있는데, 눈이 쌓여 얼어붙은 개천가에서 덕대에 걸린 명태들을 바라보다가, 고루포기산을 오르곤 했다. 많고 많은 산중에 왜 그 무렵마다 그 산엘 가는지 나 자신조차 몰랐었는데, 어릴 적 마당을 뒤덮었던 대구 덕장을 보러 가는 길이었음을 〈멧새소리〉를 통해 알게 되었다.

시 한 편이 주는 감동은 어디까지일까? 기억의 끝까지가 전부 아닐까? 인지하든 못하든 내 기억의 끝. 바닥 혹은 천장이라 불러도 좋을 어떤 끄트머리. 뒤집으면 가장 최초의 어떤 곳. 그곳에서의 상황. 가장 깊은 사랑이나 상처를 담고 있는 한때. 바로 그런 것을 흔들어 일깨워 주는 시.

나는 백석의 〈멧새소리〉를 통하여, 까마득한 과거 속을 유영(遊泳)하였고, 현재의 내 처지를 적나라하게 만날 수 있었다. 〈멧새소리〉를 밀어 보내며 외발로 일어서 본다. 바다를 벗어나기 전의 물고기. 최초의 물결이 꺼칠한 비늘을 에워싼다. 내 고통은 한시적인 것이다. 나는 다시 두 발로 일어서서 멧새들의 터전으로 돌아갈 것이다.

〈멧새소리〉를 남긴 백석(본명 백기행, 1912~1995)은 그 동안의 추측과는 달리 83세까지 살았고, 사망년도는 1995년이라 한다. 그가 농사를 지으며 말년을 보냈다는 양강도 삼수군은, '삼수갑산'으로 일컬어지는 오지 중의 오지다. 추측컨대, 백석 자신도 말년엔 이 시를 가장 좋아하지 않았을까?

미당(未堂) 시(詩)의
사찰로 드는 일주문

"애비는 종이었다"로 시작되는 첫 행을 읽는 순간,
나는 그만 뒤통수를 둔중한 망치로 얻어맞은 기분이다.
어안이 벙벙하고 가슴 저린 감동이었다.

서정주─자화상

임영조

1945년 충남 보령 출생으로, 1970년 《월간문학》 신인상 및 《중앙일보》 신춘문에 시 당선으로 데뷔하였다. 시집으로는 《바람이 남긴 은어》,《그림자를 지우며》,《갈대는 배후가 없다》,《귀로 웃는 집》,《지도에 없는 섬 하나를 안다》가 있으며, 시선집으로는 《흔들리는 보리밭》 등이 있다. 서라벌문학상, 현대문학상, 소월시문학상을 수상했다.

자화상

서정주

애비는 종이었다. 밤이 깊어도 오지 않았다.

파뿌리같이 늙은 할머니와 대추꽃이 한 주 서 있을 뿐이었다.

어매는 달을 두고 풋살구가 꼭 하나만 먹고 싶다 하였으나……흙으로 바람벽한 호롱불 밑에

손톱이 깜한 에미의 아들.

갑오년(甲午年)이라던가 바다에 나가서는 돌아오지 않는다 하는 외할아버지의 숱 많은 머리털과

그 커다란 눈이 나는 닮았다 한다.

스물세 해 동안 나를 키운 건 팔할(八割)이 바람이다.

세상은 가도가도 부끄럽기만 하더라.

어떤 이는 내 눈에서 죄인(罪人)을 읽고 가고

어떤 이는 내 입에서 천치(天痴)를 읽고 가나

나는 아무것도 뉘우치진 않을란다.

찬란히 틔워오는 어느 아침에도

이마 우에 얹힌 시의 이슬에는

몇 방울의 피가 언제나 섞여 있어

볕이거나 그늘이거나 혓바닥 늘어뜨린
병든 수캐마냥 헐떡거리며 나는 왔다.

미당(未堂) 시(詩)의 사찰로 드는 일주문

　　내가 처음 미당의 시를 접한 것은 중학생 때로 기억된다. 그러니까 40여 년 전, 어느 여대생이 써서 화제가 된 에세이집인가 소설책인가를 빌려 보다가 거기에 인용된 두 편의 시를 읽게 되었다. 〈부활〉과 〈귀촉도〉였다.

　그 당시 중학교 국어 교과서에는 영랑, 소월, 청마, 육사, 장만영, 조지훈 등의 시와 가람, 월탄, 이호우 등의 시조가 수록되고 미당의 시는 수록되어 있지 않았기 때문에 그 책에서 본 두 편의 시가 나로서는 최초의 만남이었다. 나는 너무 감격한 탓에 그 시의 작자가 누군지 눈여겨볼 여유나 겨를도 없었다. 예의 시만 달랑 베껴 몇 번을 반복해서 읽고는 곧 암송하기에 이르렀다. 그 두 편의 시는 한창 사춘기적 감상으로 신열에 달뜬 시골 소년의 가슴을 물들이는 막연한 그리움과 애틋한 슬픔으로 다가왔다.

　그후 고등학교에 진학하여 국어 교과서에 실린 〈국화 옆에서〉를 배우면서 그 시의 작가인 미당의 시집으로 《화사집》과 《귀촉도》가 있다는 사실을 알았고, 중학생 때 미처 모르고 지나쳤던 그 시인의 이름을 알게 되었다. 그리고 대학에 진학하여 미당의 문하에서 시를 배우는 제자가 되었다.

　그보다 더 정확히 말하자면, 나는 사춘기적 감상으로 중학교 때

접한 두 편의 시와 고등학교 때 배운 몇 편의 시를 읽고 미당을 무작정 흠모하여 선생이 계시는 대학에 들어간, 참으로 황당한 문학청년 중의 하나였다는 표현이 옳겠다. 그러나 동기들 중 뛰어난 시적 감성과 재치로 선생의 총애를 받던 몇몇 제자들에 비해 나는 재능도 모자랄 뿐만 아니라 칭찬과도 거리가 멀어 등단조차 늦은 등외품(等外品)에 불과했다.

등단 후 몇몇 신문사와 잡지사, 출판사를 전전하며 시를 놓지 않고 발표도 열심히 했다. 그러나 아무런 반응이 없자, 나는 그만 제풀에 지쳐 시 쓰기를 작파(作破)해 버렸다. 그리고 나름대로 체계를 세워 시 공부를 다시 시도했다. 뭐 시 공부래야 그 동안 내용 중심으로 읽은 이름난 선배들의 시집을 구해 꼼꼼히 분석하며 독파하는 것이었다.

때마침 이미 절판되어 구할 수 없는 대가(大家)들의 시집을 일목요연하게 묶어 낸 시전집이 앞다퉈 출판되던 때였다. 그때 구해 읽은 여러 시전집 중의 하나인 〈민음사〉판 《미당 서정주 시전집》은 내게 새로운 충격과 경이였다. 나 같은 둔재가 지난날 당신의 문하에서 시를 배운답시고 껍적거렸던 부끄러움에 새삼 몸 둘 바를 모르게 했다. 그저 암담하기만 하던 내 문학의 미로를 비춰 주는 한 줄기 등불이며, 내 생의 향방을 선도하는 나침반이었다.

특히 첫머리에 수록된 시 〈자화상〉이 나를 압도했다. 미당이 왜

이 땅의 하고많은 시인들 중 가장 우뚝 선 봉우리로 주목받을 수 있었을까를 짐작케 하는 시라고 여겨졌다. 이 시는 "선생이 스물세 살 되던 1937년 가을에 쓰여졌다(作者時年二十三也)"라는 각주까지 달고 있다. "애비는 종이었다"로 시작되는 첫 행을 읽는 순간, 나는 그만 뒤통수를 둔중한 망치로 얻어맞은 기분이었다. 어안이 벙벙하고 가슴 저린 감동이었다. 스물셋 나이면 흔히 온갖 허세나 부리고 자기의 치부(恥部)를 가리기에 급급한 나이다. 한데 이렇듯 부끄러운 가문의 내력과 남루(襤褸)를 적나라하게 발설하다니, 이러한 진술도 시가 된다니, 당시의 신예 시인치고는 매우 충격적인 언술이며 미당다운 파격이 아닐 수 없었다.

이 시가 쓰여진 1930~1940년대는 일제의 식민통치시대였다. 그러나 그 당시의 시인과 작가들 대개는 토호(土豪)의 자제이거나 신문화에 일찍 눈을 뜬 부모를 둔 이 나라의 지식인들이었다. 그래서 그들 대개는 부모 덕에 일본이나 외국으로 유학까지 다녀왔을 터이다. 그들에 비해 미당의 가정 환경은 〈자화상〉에 보이듯 "애비는 종"이었으며, "파뿌리같이 늙은 할머니"와 "달을 두고 풋살구가 꼭 하나만 먹고 싶다"는 어매와 더불어 절망과 궁핍에 시달리는 문학청년이었다. 미당은 훗날, 그의 자전《내 마음의 편력》을 통해 부친이 "호남의 대지주인 동복 영감네 마름살이 하는 것이 창피스러워 철이 들 무렵부터 반항적이었다"고 술회(述懷)한 바 있다. 그럼에도 불구하고 다음 시행으로 이어지는 가난에 찌든 집안 내력과 현실적 삶을 진술하고 생생하게 그려 내는 시적 영상은 실로 충격에 값하는 진술이다. 청상과부로 "파뿌리같이 늙은 할머니"와 병치된 "대추꽃이 한 주"가 그렇고, "달을 두고 풋살구가 꼭 하나만 먹고 싶다"는 어매와 "흙으로 바람벽한 호롱불 밑에/손톱이 깜한 에미의 아들"이란 순진무구한 축자(逐字)적 이미지의 순열(順列)은 가히 가난과 남루를 뛰어넘는 시의 천의무봉(天衣無縫)에 해당될 터이다.

이처럼 자기 비하의 아픔과 고통을 넘어 자아를 찾는 화자의 결의는 자칫 공허한 구호로 떨어지기 십상인데 그러한 우려를 말끔히 씻어 내는 다음 시행은 이 시의 압권에 속한다. "스물세 해 동안 나를 키운 건 팔할이 바람"이라고 선언하는 표현 속에는 얼마나 다양하고 단호한 의미를 함축하고 있는가. 자신을 키운 자양(滋養)을 일러 "바람"으로 치환하는 비유도 절묘하려니와 "팔할"이라는 구체적인 수치 설정도 미당이 아니고는 감히 흉내 내기 어려운 시적 요소가 된다. 관념적인 수사로 빠지기 쉬운 "바람"이 내포하는 시적 의미는 우리의 현대 시사(詩史)에 유례를 찾기 어려운 가장 탁월한 심상이 아닐 수 없다.

사무치는 가난으로 비롯된 방황과 유랑의 세월은 "가도가도 부끄럽기만 하더라"는 고백을 낳게 한다. 이 고백은 나아가 현실적 삶의 죄의식에 닿고 곧 "죄인"과 "천치"로 치환하는 비유는 우리네의 보편적 인식 방법에 지나지 않는다. 하나, 시인은 가혹하리만큼 자신의 가난과 방종한 삶을 죄인과 천치로 인식하면서도 "나는 아무 것도 뉘우치진 않을란다"고 당당히 말한다. 그 당당함의 배후에 숨긴 의식이 곧 이 시의 주제를 응축하는 알레고리다. 이 저돌적이고 당당한 의식 뒤에는 "찬란히 틔워오는 아침"과 "이마 우에 얹힌 시의 이슬"에 "몇 방울의 피"를 섞음으로써 어둠과 밝음의 세계가 길항(拮抗)하는 원초적 힘을 낳는다. 이 원초적 힘이 젊음과 열정을 피워 내고 나아가 희망과 소생을 담보하는 견자(見者)의 몫이 되는 것이다.

이렇듯 미당의 시는 비단 예의 시뿐만 아니라 대개의 시들이 고도의 비유와 율조에 의탁한 서사적 구조가 거의 완벽에 가깝게 운용(運用)된 예가 많다. 어조는 늘 부드럽고 질박하면서 독창적 화법으로 빚어내는 '이야기'들이 독자의 귓맛을 당긴다. 그것은 미당의 시가 내포하는 기본 정서가 항상 편협되고 닫힌 정서가 아니라 무욕(無慾)과 관용의 세계를 지향하는 넉넉하고 열린 정서로 우리의 민족혼을 일깨워 주기 때문이다.

얼핏 보면 개인사적인 '이야기'에 지나지 않을 것 같은 이 시는 우리 민족이 살아온 보편적 삶을 함축적인 언어로 그린 한 장의 흑백 사진인 동시에 미당 시의 심오한 사찰로 드는 초입에 우뚝 세운 일주문(一柱門)이다.

　나는 요즘도 틈틈이 미당 시의 일주문 밖을 들락거린다. 우리 민족의 하늘과 땅과 정한(情恨)과 눈물이 스민 말결을 다듬어 낸 신기에 가까운 시행에 다시 감탄하면서 내심 경배를 드린다. 비록 어줍게나마 나도 문학청년시절 선생의 문하에서 시를 배운 제자였다는 게 자랑스럽다. 그리고 여든을 훌쩍 넘긴 노구에도 시의 혼불이 꺼질 줄 모르는 시선(詩仙)과 같은 하늘 아래서 함께 숨쉬며 살고 있다는 행운에 감사하며 살았다. 그러나 오호, 통재라! 21세기로 건너가는 징검돌 불과 다섯 개를 앞두고 그만 떠나셨다. 올해도 예전처럼 세배 갈 날을 기다렸는데, 바로 앞서 가신 사모님 곁으로 훌쩍 가 버리셨다. 너무 애통하고 어이가 없다. 말문이 막힌다. 거듭 민족의 시인이요, 우리의 큰 스승 미당 선생님의 영전에 삼가 명복을 빈다.

그 멧새는 누구였을까?

이 시는 백석의 삶 속에서의 사랑의 여정 중의 한 순간을
짐작케 하는 시이기도 해서 항상 겨울만 되면
제일 먼저 떠오르는 시 중의 하나다. 물론 풍경은
내 어린 시절의 그 풍경으로 변이(變移)되어 있지만.

백석 — 멧새 소리

장석남

1987년 《경향신문》 신춘문예로 등단해, 시집으로 《새떼들에게로의 망명》,《지금은 간신히 아무도 그립지 않을 무렵》,《젖
은 눈》,《왼쪽 가슴 아래께에 온 통증》 등이 있다. 김수영문학상과 현대문학상을 수상한 바 있다.

멧새소리

백석

처마끝에 명태(明太)를 말린다

명태는 꽁꽁 얼었다

명태는 길다랗고 파리한 물고긴데

꼬리에 길다란 고드름이 달렸다

해는 저물고 날은 다 가고 별은 서러웁게 차갑다

나도 길다랗고 파리한 명태다

문턱에 꽁꽁 얼어서

가슴에 길다란 고드름이 달렸다

그 멧새는 누구였을까?

가을만 되면 어디 깊은 산속에 들어가 살고 싶다. 아무도 없는 곳에 가서 그저 바람 소리나 들으면서 한겨울을 나고 싶다. 그런 생각이 도지면 그런 깊은 산속엘 찾아가 보기도 한다. 여행이 랄 것도 없이 그저 한번 둘러보고 오는 것이다. 저 강원도의 어느 마을들이 주로 내가 찾아다닌 곳들이다. 거기 가면 으레 제일 먼저 맞이해 주는 것이 저 멧새소리다. 그 적적함을 그리도 무심하게 묻혀 울어 주는 멧새소리마저도 없다면 그것은 이승이라고 할 수도 없을 것이다. 나는 그러나 웬일인지 그런 곳이 매일 꿈꿔진다. 웬 일일까.

이 시의 제목은 〈멧새소리〉로 되어 있다. 그런데 정작 본문을 보면 그 멧새소리에 대한 내용은 전혀 나와 있지 않다. 시의 주된 내용은 명태를 말리는 겨울 한촌(寒村)의 어느 집, 처마선을 포함한 앙상한 풍경이 스케치되어 있다. 이 시의 여덟 행은 이 시가 단지 여덟 개의 선(線)으로 되어 있는 것처럼 인식된다.

화자는 명태가 길다랗고 파리한 물고기인데 거기에 또 고드름이 열려 있어 다 간 저녁의 볕이 서럽다고 쓰고 있다. 실은 한낮이면 볕에 명태 끝의 고드름은 다 녹았어야 한다. 그러나 그 고드름을 녹이지 못한 저녁 햇볕은 서럽기 그지없다.

그런 정황 속에 놓여 있는 시적 화자는 자기가 명태와 같다는 생각을 하게 된다. 처마 끝에 말리는 명태를 보는 것으로 시작한 화자는 명태 끝의 고드름을 보고 고드름을 녹이지 못한 차가운 볕을 본다. 사실 볕이 차갑다는 것은 있을 수 없는 일이다. 더구나 한겨울에는 더더욱. 그러나 고드름에 비끼는 볕은 차가울 수밖에 없다. 만약 화자가 눈길을 돌려 한가하게 노니는 가금(家禽)들이나 마른 풀숲에 어른거리는 햇빛들을 만났다면 그 볕이 차가울 리는 없다.

그렇게 시작한 화자의 시선은 자기자신에게로 향한다. 물론 말할 것도 없이 그 시선이 닿는 곳은 화자의 내면이다. 그래서 비로소 자신이 명태로 인식되기 시작한다. 그런 후에야 이 시에는 전혀 나타나지 않는 이 시의 제목 〈멧새소리〉의 정체가 아주 희미하게 나타난다.

왜 이 시의 제목이 〈멧새소리〉인가. 문턱이(에) 꽁꽁 얼었기 때문이다. '문턱에', '문턱이', '문턱에서' 등등으로 해석할 수 있는 "문턱에 꽁꽁 얼어서"는 매우 상징적이다. 문이란 모든 것의 통로다. 문이 없는 공간이란 없다. 그런 출입구가 얼어 있다니! 화자의 내면은 답답하다. 무엇인가 내뱉어져야 할 것이 있는데 그게 무슨 이유에선지 잘 되지 않는다. 그래서 문턱에서 문과 함께 꽁꽁 얼었다고 토로한다. 그것은 사람이 드나드는 문임과 동시에 심정의 문이기도 하기 때문에 자연스럽게 가슴에는 고드름이 열렸다. 열릴 수밖에 없다. 그 고드름은 물질의 그것이 아니고 마음의 무엇임은 당연하다.

이 시에 등장하기 전에 화자는 작은 방 흙벽에 기대앉아 이런저런 생(生)의 문제를 생각하고 있었을지도 모른다. 그런데 어느 순간 생각의 틈으로 멧새소리가 들려온다. 그 멧새소리는 닫혀 있는 내면과 바깥 세계를 연결하는 하나의 심리적 통신 수단으로 인식되었을 것이다. 화자는 일어나 몸을 기울여 바깥으로 시선을 향했을 것이다. 처마에는 꼬리에 고드름이 매달린 파리한 명태만이 덜렁덜렁 매달려 있었을 것이다. 그러다가 어느 순간 이미 멧새는 얼마를 울다가 떠났으련만 그것은 인식하지 못한다. 그렇게 미라와도 같은 명태를 한참 보다 보니까 때가 저녁이다. 이미 떠나가 버린 그 멧새의 울음소리는 화자의 귀에 남아 점점 깊어지면서 내면의 울음이 된다. 그러나 그 울음은 밖으로 나오지 못하는 울음이다. 그것은 모두 얼어 있기 때문이다. 울음도 얼어 있고 문도 얼어 있고 세월도 얼어 있고 연애도 얼어 있다. 그 울음은 가슴 아프게도 그대로 고드름이 된다. 그 고드름은 멧새소리와 더불어 얼어붙은 것이기도 하다.

고드름은 볕에도 쉽게 녹지 않는다. 그래서 볕마저 서럽다. 명태는 여전히 처마 끝에서 고드름을 꼬리에 단 채 저녁바람 속에 저물고 밤에는 잉잉대는 바람에 바짝 오그라지며 흔들거리고 있었을 것이다.

이 시는 백석의 삶 속에서의 사랑의 여정 중의 한 순간을 짐작케 하는 시이기도 해서 항상 겨울만 되면 제일 먼저 떠오르는 시 중의 하나다. 물론 풍경은 내 어린 시절의 그 풍경으로 변이(變移)되어 있지만.

나도 지금 어느 한촌의 한 토방 속에 들어앉아 있는 것만 같다. **뺏쪽뺏쪽**, 가늘디 가는 나뭇가지 위에서 그 나뭇가지를 반쯤 휘게 만들어 천천히 흔들거리며 앉아서 울다가 훌쩍 날아가는 멧새가 보이는 듯하다. 그 고갯짓, 그 젖은 눈빛까지도. 한데 그 멧새는 누구였을까. 너였을까? 너였을까?

멧새의 외로움. 사람의 외로움. 울음도 나오지 않는,

맑고 멀고 그리고 쓸쓸한

외롭고 쓸쓸한 것은 모두 그렇게 정해진 운명 때문에
불가해(不可解)한 것이지만, 하늘은 오히려
사랑하고 귀해하는 것들에게 외롭고 쓸쓸한 운명을
부여함으로써 사랑과 슬픔이 충만한 삶을
살아가게 한다는 것입니다.

백석─흰 바람벽이 있어

정끝별

1988년 《문학사상》 신인발굴에 시 당선에 이어 1994년 《동아일보》 신춘문예 평론에 당선되었다. 시집으로 《자작나무 내 인생》, 《흰 책》, 시론집 《패러디 시학》, 평론집 《천 개의 혀를 가진 시의 언어》가 있다.

흰 바람벽이 있어

백석

오늘 저녁 이 좁다란 방의 흰 바람벽에

어쩐지 쓸쓸한 것만이 오고 간다

이 흰 바람벽에

희미한 십오촉 전등이 지치운 불빛을 내어던지고

때글은 다 낡은 무명샤쯔가 어두운 그림자를 쉬이고

그리고 또 달디단 따끈한 감주나 한잔 먹고 싶다고 생각하는 내 가지가지 외로운 생각이 헤매인다

그런데 이것은 또 어인 일인가

이 흰 바람벽에

내 가난한 늙은 어머니가 있다

내 가난한 늙은 어머니가

이렇게 시퍼러둥둥하니 추운 날인데 차디찬 물에 손은 담그고 무이며 배추를 씻고 있다

또 내 사랑하는 사람이 있다

내 사랑하는 어여쁜 사람이

어느 먼 앞대 조용한 개포가의 나즈막한 집에서

그의 지아비와 마조 앉어 대구국을 끓여놓고 저녁을 먹는다

벌써 어린것도 생겨서 옆에 끼고 저녁을 먹는다

그런데 또 이즈막하야 어늬 사이엔가

이 흰 바람벽엔

내 쓸쓸한 얼골을 쳐다보며

이러한 글자들이 지나간다.

─나는 이 세상에서 가난하고 외롭고 높고 쓸쓸하니 살어가도록 태어났다

그리고 이 세상을 살아가는데

내 가슴은 너무도 많이 뜨거운 것으로 호젓한 것으로 사랑으로 슬픔으로 가득찬다

그리고 이번에는 나를 위로하는 듯이 나를 울력하는 듯이

눈질을 하며 주먹질을 하며 이런 글자들이 지나간다

─하늘이 이 세상을 내일 적에 그가 가장 귀해하고 사랑하는 것들은 모두

가난하고 외롭고 높고 쓸쓸하니 그리고 언제나 넘치는 사랑과 슬픔 속에 살도록

만드신 것이다

초생달과 바구지꽃과 짝새와 당나귀가 그러하듯이

그리고 또 '프랑시쓰 쨈'과 도연명(陶淵明)과 '라이넬 마리아 릴케'가 그러하듯이

맑고 멀고 그리고 쓸쓸한

　　10년이라는 세월을 견디느라 누르스름해져 가는 흰 봉투에는 '100'이라고 쓰여진 흑백의 정약용이 거꾸로 붙여져 있습니다. 그 위로 군청색 직인이 파랑(波浪)을 일며 나부끼고 있습니다. 한결같이 똑바로 붙여진 우표는 없네요. 발신란에는 주소가 없습니다. 수신란에는 물이 흐르는 듯, 애벌레가 기어가는 듯, 또 이렇게 쓰여져 있습니다. "서울 서대문구 연희동 이화여자대학교……."

　이렇게 단 세 통의 편지를 보냈던 남자가 있었습니다. 연희동에는 이화여자대학교가 없어서 대현동 이화여자대학교로 꼬박꼬박 배달해 주는 우체부 아저씨가 있었으니 그 남자가 있었던 거지요. "끝별 씨 주소만 쉬워 끝별 씨에게만 모든 푸념을 늘어놓게 되어 미안!"하다는, 반드시 나에게는 아니었어도 좋았던, 단지 쉬운 주소 때문에 나에게 왔던 세 통의 편지가 있었으니 그 남자가 있는 거지요.

　우체부 아저씨와 세 통의 편지와 그 남자가 있었으니, 지금까지 읽었던 그 숱한 시들 중에서 백석의 〈흰 바람벽이 있어〉는 어떤 아우라(Aura)와 함께 기억되는 것인지도 모르겠습니다. 키가 훤칠한, 적당히 마른, 이국적인, 댄디한, 귀족주의적인, 결벽증이 있는, 머리가 좋은 그러나 약지 않은, 바람 같은, 집요하기도 한, 말이 많지 않은, 감각과 기교의 적정선을 알고 있는, 풍요와는 반대쪽에 머리를 두는, 다소 허무주의적인…….

내가 기억하는 가장 아름다운 백석의 면모는 만주와 신의주를 헤매며 외로움과 적막함 속에서 생계를 유지해 나가던 시기의 모습입니다. 무엇이 그로 하여금 당대 최고의 엘리트로서 보장된 안정된 삶과 조국과 고향과 애인을 떠나 그야말로 쓸쓸하고 외롭고 힘겨운 나날을 보내게 했던 것일까요.

그 남자는 첫 번째 편지에서 이렇게 쓰고 있습니다.

"모든 '관계'에서 떨어져 나오느라고 이곳처럼 멀리까지 오게 되었네요. 달빛이 가득한 대한해협 밤바다를 건너오면서도 막막하다는 느낌은 갖지 않았었는데 이곳에서 정처 없이 이삼 일을 지내니 비로소 막막합니다. 이곳은 하숙을 치는 곳도 없어 오늘 간신히 여인숙방을 하나 빌려 그 비싼 밥을 사 먹으며 묵기로 했습니다."

〈흰 바람벽이 있어〉는 백석이 만주를 떠돌던 시기에 쓰여진 시입니다. 이 시기에 시인은 아내도 없고 아내와 같이 살던 집도 없고 부모며 동생들과도 떨어진 채 추위에 떨며 자신의 슬픔이며 어리석음이며를 소처럼 연하게 되새김질하곤 합니다. 그러던 어느 날이었을 겁니다. 차가운 몸을 부려 둔 좁다란 방에는 십오촉 전등이 지치운 불빛을 내고 있고 흰 바람벽(안벽)에는 쓸쓸한 것들이 오가고 있습니다. 이 시에서 인상적인 것은 '흰 바람벽'입니다. '바람벽'이라고 한 구절에서도 알 수 있듯, 그 흰 벽은 단순히 깨끗하고 순결한 이미지만을 표상하는 것이 아니라 외풍(外風)이 드나드는 허술하면서도 남루한 객지에서의 삶을 표상하기도 합니다. 그 흰 바람벽은 비어 있는 영사막(映寫幕)과도 같습니다. 백석은 그 바람벽에 영사기를 돌리듯 지나온 자신의 삶과 사랑하는 사람들을 떠올리며 심회(心懷)에 젖고 있습니다. 그의 심회는 '따끈한 감주나 한 잔 먹고 싶다'는 바람으로 절절히 전달됩니다.

그 남자는 계속해서 쓰고 있습니다. "사면이 하얀 페인트로 잘 칠해진 깔끔한 방입니다. 그 한 면은 창이고 다른 한 면은 까만 옷걸이가 단정하게 박혀 있고 또 한 면은 문과 전기 스위치, 그리고 숙박 요금표와 '알림'란이 붙어 있습니다. 이곳으로 와서 오늘만 빼고 다 술을 마셨습니다. 쓸쓸함이 그렇게 시켰을 것입니다. 그러나 '관계' 속에서의 쓸쓸함보다는 훨씬 담백한 것입니다."

싸구려 여인숙의 흰 바람벽을 보며 혼자서 술을 마시고 있는 두 남자가 보입니다. 그들이 객지의 흰 바람벽에서 보았던 것은 모두 '쓸쓸'이라는 글자였습니다. 외딴 곳으로 무작정 흘러들어 바라본 흰 벽이 쓸쓸이었을 게고 그 벽을 바라보며 혼자서 마시는 술의 맛이 쓸쓸이었겠지요. 나는 그들이 마음속 깊은 곳에서 꺼내 보이는 '쓸쓸'이라는 글자가 정말로 한없이 쓸쓸하고 맑고 높다랗게 생겼다고 생각했더랬습니다. 그 글자들은 금세라도 바스러져 그냥 혹하니 사라져 버릴 것만 같았더랬습니다.

　백석은 자신의 내면풍경을 쓸쓸함이라든가 슬픔, 외로움과 같이 수식 없는 알몸의 언어로 드러내면서 흰 바람벽에 사랑하는 어머니와 사랑하는 사람의 얼굴을 그려 넣고 있습니다. 도란도란한 일상에 대한 그리움과 회한의 풍경들이었을 것입니다. 그러나 뜨겁고 호젓한 것으로, 사랑으로, 슬픔으로 꽉 찬 이 흰 바람벽을 보며 시인은 스스로를 높게 세우고 있습니다. 외롭고 쓸쓸한 것은 모두 그렇게 정해진 운명 때문에 불가해(不可解)한 것이지만, 하늘은 오히려 사랑하고 귀해하는 것들에게 외롭고 쓸쓸한 운명을 부여함으로써 사랑과 슬픔이 충만한 삶을 살아가게 한다는 것입니다. '그리고'라는 순접 접속사로 절망스럽고 무기력한 자신의 삶을 담담하게 연결시킨 후, '그런데'라는 전환 접속사로 희망을 놓지 않는 자신의 내면을 세워 놓고 있습니다.

　그 남자는 또 이렇게 쓰고 있습니다. "나는 무얼 하려고 여기까지 멀리 와 이렇게 앉아 있는 것일까 생각하다 보면 청춘(靑春)의 하루가 또 저물어 버립니다. 저녁때 밥을 먹으며 숟가락을 쥔 손을 내려다보는 일이 그렇게 서글플 수가 없어요. 맛도 없는 밥을 어기적거리며 먹는 꼴이 벌레 같기도 하고……. 벌써 가을이라 새벽이면 담요를 몸 위에 끄집어 올려놓게 되더군요. (……) 거지가 다

되어, 바람과 적막이나 구걸하며 보내는 또 하루예요. 바람이 소나무들을 잡아 흔들고 창문을 흔들고 마을 안으로 날아 들어가는 기척도 적막하고 통통배들이 바닷속을 가물가물 지나가는 소리가 간간이 섞이는 게 또 그리 적막할 수가 없어요. 벌써 열흘쯤 되는 것 같은데 적막해질 때까지 기다리고 기다린 것 말고는 아무것도 한 것이 없네요."

백석이 흰 바람벽에 마지막으로 떠올려 보는 것들은 "초생달과 바구지 꽃과 짝새와 당나귀", 그리고 "'프랑시쓰 쨈'과 도연명과 '라이넬 마리아 릴케'"였습니다. 마치 자신의 영화에 출연했던 주요 스태프진들을 소개하듯이 말입니다. 아니 무슨 주문을 외우듯이 말입니다. 그러한 떠올림이, 그와 같은 부름이, 마치 조금의 위안이라도 된다 싶은 듯이, 스스로를 좀 울력이라도 해준다는 듯이 말이죠.

그 남자도 세 통째의 편지에서 이렇게 마치고 있습니다.

"쿤데라. 카프카. 루카치. 하우저. 본느프와. 네루다. 도스토예프스키. 정끝별. 정지용. 모딜리아니."

세상 모든 사람에게는 나만 바라보고 사는 사람도 있고 내가 바라보며 사는 사람도 있습니다. 또 모든 세상에는 내가 돌아가야 할 세계가 있고 결코 내가 도달할 수 없는 세계가 있습니다. 백석과 그 남자는, 자신으로부터 멀리 있는, 자신이 바라보며 사는 사람과 자신이 도달할 수 없는 세계를, 흰 바람벽을 통해 한없이 그리워했던 것은 아니었을까요. 그리워하기 위해 그렇게 외롭고 높고 쓸쓸하게 스스로를 방치하면서 숨겼던 것이겠죠. 그러기에 그들이 외롭고 쓸쓸하게만 느꼈던 것은 아니었을 겁니다. 백석이 스스로의 삶을 '높다'고 수식했던 것도, 그 남자가 그토록 '맑게' 기다릴 수 있었던 것도, 다 그런 까닭이었을 겁니다.

   백석 시에 대해 강의를 할 때면 "연애나 한번 해보았으면 싶은 첫 번째 시인입니다"라는 말을 빼놓지 않곤 합니다. 일전에 만난 적이 있다는 듯이, 한두 조끼의 맥주를 주고받은 적이 있다는 듯이, 껑충한 그의 옆구리께 붙어 걸어 본 적이 있다는 듯이, 맑고 멀고 그리고 쓸쓸한 그의 뒷모습을 본 적이 있다는 듯이, 살갑게만 느껴지니 말예요.

마음은 내일에 사는 것

삶이 고통스럽거나 피로울 때, 씹고 뱉는 희망이
비록 상처보다 더 누추하게 될지라도
마음만은 내일에 걸어 놓고 싶었다. 그래서
〈삶이 그대를 속이더라도〉 중에서
"마음은 내일에 사는 것"에
가장 매혹당했는지도 모르겠다.

푸슈킨─ 삶이 그대를 속이더라도

천양희

1942년 부산에서 태어나 1966년 이화여대 국문과를 졸업했다. 시집으로 《신이 우리에게 묻는다면》, 《사람 그리운 都市》, 《하루치의 희망》, 《마음의 수수밭》, 《오래된 골목》이 있다. 소월시문학상, 현대문학상을 수상한 바 있다.

삶이 그대를 속이더라도

푸슈킨

삶이 그대를 속이더라도
슬퍼하거나 노하지 말라
실의의 날엔 마음을 가다듬고
자신을 믿으라. 이제 곧 기쁨이 올지니

마음은 내일에 사는 것
오늘이 비참하다 해도
모든 것은
한순간에 지나가 버린다
그리고 지나간 것
그것은 그리워지는 것

마음은 내일에 사는 것

　　어린 시절, 시골 이발소에서 우연히 보았던 〈삶이 그대를 속이더라도〉가 러시아 시인 푸슈킨의 시라는 것을 안 것은 고등학교 때였다. 그때 나는 그것이 시(詩)라는 것에 놀랐고 그 시가 우리 나라 시인의 시가 아니란 것에 더 놀랐다.

　　그냥 지나쳤던 그 시가 대문호 톨스토이가 "러시아 문학의 가장 위대한 주인(主人)"이란 칭호를 서슴없이 바친 시라니! 나는 또 한 번 충격을 받았었다. 그 충격 때문인지 나는 대학에 입학하고부터 그 시에 매혹당하고 말았다.

　　영역이 된 연도는 확실히 모르지만, 그때 영역이 된 그 시를 만났던 것이다. 〈Though life is to cheat you〉로 영역이 되었었다. 그 시를 만났을 때가 1962년이었는데, 나는 옛 친구를 만난 듯 반가워 그 시를 달달 외웠었다.

　　그땐 삶이 우리를 속이는 것이 무엇인지도 잘 모르고 그냥 그 시가 좋아서 외웠지만 1975년 〈민음사〉에서 번역 출간된 《세계시인선》 27권을 본 후에야 그 시를 제대로 이해하게 되었다.

　　그 동안 10여 년이란 세월이 흘렀고, 나도 삶이, 인생이 무엇인지 조금 알게 되었기 때문이었다. 그래서 "삶이 그대를 속이더라도"라는 말을 이해할 수 있게 되었다. 내가 몇 번이나 삶에 속아

슬퍼하고 분노하고 난 뒤, 삶이 사람을 속인다는 게 무엇이란 걸 알게 되었던 것이다.

삶이 속이더라도 "슬퍼하거나 노하지 말라"고 푸슈킨은 말했지만, 삶이 나를 속일 때마다 나는 삶에 바친 내 순정(純情)에 슬퍼하고, 삶을 믿은 내 어리석음에 분노했다.

세상에 대해 너무 분하고 절망했을 때, 세상이 나를 알아주지 않는다고 생각될 때, 나를 속인 삶에 대해 앙탈을 부리지도 못하고 나는 속으로만 슬퍼하고 분노했었다. 그때마다 나는 손으로 잡을 수 없으면서도 뚜렷이 있는 그 어떤 것을 믿어 보려고 다짐한 적이 한두 번이 아니었다.

실패로부터 멀리 달아나 버리고 싶을 때나 무언가 희망을 만들고 싶을 때, 새 출발이 필요할 때 "실의(失意)의 날엔 마음을 가다듬고 자신을 믿으라. 이제 곧 기쁨이 올지니"라는 대목을 마음으로 당기고 또 당겼다.

문득 무엇인가 두려울 때도, 그리울 때도 나는 이 구절을 생각했다. 날마다 만나는 삶에서, 나 자신으로 하여금 간절히 부르게 하는 희망, 그것이 나의 내일이었다.

삶이 고통스럽거나 괴로울 때, 씹고 뱉는 희망이 비록 상처보다 더 누추하게 될지라도 마음만은 내일에 걸어 놓고 싶었다. 그래서 〈삶이 그대를 속이더라도〉 중에서 "마음은 내일에 사는 것"에 가장 매혹당했는지도 모르겠다.

사람들은 누구나 희망을 갖고 싶어하고, 희망을 갖는다는 것은 정말 즐거운 일이 아닐 수 없다. 손으로 잡을 수 없고 눈에 보이지는 않지만 뚜렷이 존재하고 있는 것이 희망이 아닐까 생각한다.

오늘이 비참하다 해도 희망을 가질 수 있다면, 어느 시인의 말처럼 아직 덜 되어서, 무엇인가 더 되려고 떠도는 삶이 우리들의 서럽고도 아름다운 삶이 아닐까 싶다. 그토록 서럽고도 아름다운 삶이 그래도 어느 순간에 지나가 버리고 마는 것이라고 푸슈킨은 고통 속에 있는 나를 달래 주었다.

살아 있는 추억이 되지 못하고 버려진 시간들, 용서되지 않는 일 때문에 괴로웠던 날들, 지키지 못한 맹세들, 약속들. 그토록 서럽고도 분통 터지는 모든 것도 다 지나가 버리고 마는 것이지만, 그래도 "지나간 것은 그리워지는 것"이라고 푸슈킨은 절창하고 있다.

그러나 삶의 뒷길, 뒷모습에 책임을 질 사람이 나 자신 말고 더 있던가. "사람의 일 중에서 가장 힘든 것은 아침에 일어나는 것과 저녁에 잠드는 것"이라고 누구는 말했지만 나에게 가장 힘든 것은 사람과 사람 사이의 일이었다. 그 사이를 좁히지 못하고, 나 자신 하나를 이기지 못해 괴로워하던 시절, 한 편의 시가 나를 살렸다는 사실이 지금 생각해도 너무나 다행스럽다.

어떤 이는 외로워지고 싶어서 자꾸 지껄였다고 말하지만 나는 지금도 외로우면 침묵과 함께 논다. 그래야만 지나간 것, 그것을 그리워할 수 있다. 결국은 내가 내 주인이고 내가 내 의지처임을 알기 때문이다.

괴로움을 통해서만 완전함을 이룰 수 있다고는 하지만, 그것을 믿기란 쉽지 않았다. 가장 괴로웠던 때에 나는 그 고통에 함몰되어 작품 한 편도 제대로 쓸 수가 없었다. 그 고통과 내가 한 몸이 되어 버렸다고 느꼈을 때에야 그 고통이 거름이 되어 비로소 꽃을 피울 수 있었던 것이다.

어디에서 읽은 기사인데, TV 토크쇼에서 월트 디즈니에게 성공 비결을 묻자 "모든 것은 한 마리의 생쥐에서 시작됐다"고 말했다고 한다. 그 말이 참 감동적으로 다가온 적이 있었다. 나는 '언제, 누군가 내게도 비결을 묻는 날이 올까' 하고 생각했던 적도 있었다. 만일 누가 내게 그걸 묻는 날이 온다면 "모든 것은 하나의 고통에서 시작됐다"고 감히 단언할 수 있을까.

아직 밝지 않은 수많은 날이 있듯, 성공도 누구에게나 평생 희망 사항처럼 따라다닐 것이다. 그러면서 우리들은 또 속고 사는 것이다. 희망을 줄 듯 말 듯 속이는 삶을 어쩌면 우리는 더 사랑해서 그 끈을 질기게 잡고 있는지도 모를 일이다. 그 끈을 내일에 묶고 마음은 내일에 살고 싶어서 말이다.

어린 시절, 아버지를 따라간 이발소에서 처음으로 보았던 그 시가, 나를 매혹시킨 한 편의 시가 되었다는 사실이 어느 땐 푸슈킨과 나의 운명적 만남처럼 느껴진다. 삶에 속고 사는 한 인간의 고통을 같이 나누고 있다는 생각과 함께.

발로 눌러 꺼 버린 시인

김영승…… 그는 놀라운 투시력과 시적 재질(才質)을
지녔으면서도 모든 경제적, 이념적, 제도적 풍요로부터
소외당한 채 살고 있는 우리 시대의 백수다.

최정례

김영승 ─ 반성 743

1955년 경기 화성 출신으로 고려대 국문과를 졸업하고 《현대시학》으로 등단하였다. 시집으로는 《내 귓속의 장대나무숲》
과 《햇빛 속에 호랑이》가 있으며 김달진문학상을 수상한 바 있다.

반성 743

키 작은 선풍기 그 건반 같은 하얀 스위치를
나는 그냥 발로 눌러 끈다

그러다 보니 어느 날 문득
선풍기의 자존심을 무척 상하게 하고 있구나
하는 생각이 들었다

정말로 나는 선풍기한테 미안했고
괴로왔다

　—너무나 착한 짐승의 앞이빨 같은
　무릎 위에 놓인 가지런한 손 같은

형이 사다준
예쁜 소녀 같은 선풍기가
고개를 수그리고 있다

어린이 동화극에 나오는 착한 소녀 인형처럼 초점 없는 눈으로

'아저씨 왜 그래요' '더우세요'
눈물 겹도록 착하게 얘기하고 있는 것 같았다

무얼 도와 줄 게 있다고 왼쪽엔
타이머까지 달고
좌우로 고개를 흔들 준비를 하고 있었다

이 더운 여름
반 지하의 내 방
그 잠수함을 움직이는 스크류는
선풍기

신축 교회 현장 그 공사판에서 그 머리 기름 바른 목사는
우리들 코에다 대고
까만 구두코로 이것저것 가리키며
지시하고 있었다

선풍기를 발로 눌러 끄지 말자
공손하게 엎드려 두 손으로 끄자
인간이 만든 것은 인간을 닮았다
핵무기도 십자가도
콘돔도

이 비오는 밤
열심히 공갈빵을 굽는 아저씨의
 그 공갈빵 기계도.

발로 눌러 꺼 버린 시인

　　시는 기존의 것에 대한 찬양이나 기존의 것을 누리는 자의 위안거리가 될 때가 있다. 그러나 한편으로는 시가 기존의 것에 대한 위반이며 거부이며 부정이 될 때도 있다. 이럴 때 시는 우리를 불편하게 하고 거북하게 하고 때로는 우리의 일상 전부를 뒤흔들어 위협한다. 거짓을 캐내고 싶어하며 새롭게 뒤집고 싶어하며 기존의 것은 인정하고 싶어하지 않는 버릇을 갖고 있는 시들. 그런 시는 우리가 무의식적으로 안고 있는 낡은 사고들과 안일한 습관들을 깨고 새로운 눈으로 세상을 보게 해주며 진실된 모습을 보여 준다. 그런 시들은 우리를 슬픔과 절망 속에 빠뜨리기도 하고 우리를 부끄럽게 만들기도 한다. 새로운 아름다움이 무엇인지를 캐내는 매몰의 희생을 감수하고 광산에서 금을 캐내는 것처럼 고통스러운 일이다. 그들은 진정한 창조자이며 새 세계를 열어 주는 역할을 한다. 좋은 시를 쓰는, 그러나 위험한 시인들은 대체로 용감하고 대책 없는 발언을 하게 되기 때문에 인습에 물든 기존의 기득권자들로부터 비난을 받기도 한다. 꽃이나 새, 자연의 아름다움을 찬양하거나 착한 사람의 고마운 마음씨들을 기리는 것은 쉽게 사랑받을 수 있는 일이다. 그것은 아무런 비난도 받을 일이 아니고 위험을 감수해야 할 일도 아니기 때문이다. 보들레르가, 빈센트 반고흐가,

위대한 예술가였지만 왜 그렇게 불행할 수밖에 없었는지를 생각해 보면 시가 얼마나 위험하고 두려운 것인가 하는 생각이 든다. 김영 승 시인을 얘기하기 위한 서두가 너무 길었다.

"베스트셀러인 어떤 책이 수십만 부가 팔렸고 그 저자가 어떤 행 사를 벌였다"라는 기사나 광고를 보면, 늘 이 시와 시인 김영승을 생각하게 된다. 그는 이 야비한 자본의 시대를 살아가는 우리가 내 팽개친, 발로 눌러 꺼 버린 시인 중의 하나라는 생각이 들기 때문 이다. 그는 놀라운 투시력과 시적 재질(才質)을 지녔으면서도 모든 경제적 · 이념적 · 제도적 풍요로부터 소외당한 채 살고 있는 우리 시대의 백수다.

똥이 발판보다 높이 솟아 오른 산동네의 공동변소를 들락거리던 1960년대와 1970년대를 기억한다. 끊임없이 이웃 사람들이 와서 문을 두드리기 때문에 문고리를 꽉 붙잡고 있어야 했던 그 시절을 바로 어제처럼 기억한다. 가난은 남루에 그칠 뿐 아니라 모욕이었 다. 그 모욕을 갚기 위해서라면 무슨 짓이든 하겠다고 생각하던 때 가 그때였다. 이 사회가 요구하는 대로 얌전히 순응하는 것, 시키 는 대로 이 사회의 제도에 복종하는 것, 그게 그 모욕으로부터 재 빨리 벗어나는 길이었다. 그래서 기를 쓰고 대학졸업장을 따고, 취 직을 하고, 빚을 내어 아파트 당첨권을 위한 줄을 서고, 그렇게 산

동네의 모욕을 면하고 집 한 채를 지니려고 발버둥쳤었다. 집값은 다락같이 오르고 나도 모르게 가지지 못한 자가 가지지 못하도록 한 제도의 하수인이 되었다는 생각은 애써 하지 않으려고 했고 알고도 모른 척했다. 그러나 시집 《반성》은 그런 나를 부끄럽게 한다. 착한 선풍기 앞에 엎드린 시인의 말처럼 미안하고 괴롭게 한다.

상처받은 사람은 대부분 신음 소리를 낼 수밖에 없다. 그러나 신음 소리조차 낼 수 없거나 내기를 거부하는 사람이 있다. 김영승은 오래도록 모욕을 견뎌 왔다. 그는 제도와 타협을 거부하는 강한 자이므로 신음을 거부한다. 산동네의 화장실을 돌이켜 생각하는 것도, 김영승을 돌이켜 읽는 것도 내게는 고문이다. 그의 〈반성〉과 "너무나 착한 짐승의 앞 이빨" 같은 그의 시와 비참할 수밖에 없을 그의 생활을 생각하면 반성해야 할 사람이 누구인가를 안다. 그런데 정말 나는, 나는 반성하는가?

방황의 길에서
정화의 길로

〈바다〉는 방황하고 있던 필자에게 정화의 길을 열어 준
작품이었다. 반쪽의 낮달처럼 창백하고 미완성인
젊은이의 가이없는 슬픔을 위무(慰撫)하고
어디다 풀 수 없었던 분노를 삭히게 해주었던 것이다.

허영자

서정주 — 바다

1961년 숙명여자대학교 국어국문학과를 졸업하고 1963년 동 대학원을 졸업하였다. 1961년부터 1962년에 걸쳐 박목월
선생 추천으로 《현대문학》을 통하여 시단에 등단하였다. 현재 성신여자대학교 국어국문학과 교수로 재직중이며, 한국시
인협회 회장직을 맡고 있다. 한국시인협회상, 월탄문학상, 편운문학상, 민족문학상 등을 수상하였으며 저서로는 제1시
집《가슴엔 듯 눈엔 듯》을 비롯하여 일곱 권의 시집과 다수의 시선집, 수필집이 있으며, 《허영자 전시집(全詩集)》, 《허영
자 선수필집》이 있다.

바다

귀기우려도 있는 것은 역시 바다와 나뿐.
밀려왔다 밀려가는 무수한 물결우에 무수한 밤이 왕래하나
길은 항시 어데나 있고, 길은 결국 아무데도 없다.

아— 반딧불만한 등불 하나도 없이
우름에 젖은 얼굴을 온전한 어둠속에 숨기어가지고……너는,
무언의 해심(海心)에 홀로 타오르는
한낫 꽃같은 심장으로 침몰하라.

아— 스스로히 푸르른 정열에 넘처
둥그란 하눌을 이고 웅얼거리는 바다,
바다의 깊이우에
네구멍 뚫린 피리를 불고…… 청년아.

애비를 잊어버려
에미를 잊어버려
형제와 친척과 동모를 잊어버려,
마지막 네 계집을 잊어버려,

아라스카로 가라 아니 아라비아로 가라

아니 아메리카로 가라 아니 아프리카로

가라 아니 침몰하라. 침몰하라. 침몰하라!

오—어지러운 심장의 무게우에 풀닢처럼 훗날리는 머리칼을 달고

이리도 괴로운 나는 어찌 끝끝내 바다에 그득해야 하는가.

눈뜨라. 사랑하는 눈을 뜨라…… 청년아.

산 바다의 어느 동서남북으로도

밤과 피에 젖은 국토가 있다.

아라스카로 가라!

아라비아로 가라!

아메리카로 가라!

아프리카로 가라!

방황의 끝에서 정화의 길로

"미당(未堂)의 시에는 대표작이 없다"는 말들을 흔히 한다. 어떤 시인에게나 대개는 빼어난 가작이 있으면 타작도 더러 있는 법이지만, 미당에게 있어서는 모든 작품들이 그의 대표작이랄 수 있기 때문이다. 실로 그의 정신적 족적(足跡)과 인생의 노정을 생각할 때 그의 작품들은 하나같이 그때 그 자리의 대표작이며 또한 가작이다.

필자가 시인이 되기까지 적지 않은 시 작품들을 읽어 왔지만 만약 미당의 작품들을 읽지 않았다면, 그 절망과 환희, 그 어둠과 빛, 지옥과 천국, 그 살 떨리는 전율을 몰랐다면 과연 시업(詩業)의 길로 눈감고 절벽을 뛰어내리듯 하였을지 의문이다.

참으로 미당의 시에서 "나를 매혹시킨 한 편의 시"를 가려 뽑기는 힘들다.

〈바다〉를 처음 읽은 것은 필자의 나이 막 사춘기로 접어들 무렵이었다. 이미 필자는 "애비는 종이었다. 밤이 깊어도 오지 않았다……"로 시작되는 〈자화상〉이나 "사향 박하의 뒤안길이다. /아름다운 배암……"으로 시작되는 〈화사〉, 그리고 〈문둥이〉, 〈국화 옆에서〉 등을 암기하고 있던 터였지만 〈바다〉는 한밤중에 눈물을 흘리면서 몇 번이고 몇 번이고 큰 소리로 낭독을 하곤 하였다. 쏟아

질 것 같은 통곡을 안으로 삼키며 필자는 "애비를 잊어버려/에미를 잊어버려/형제와 친척과 동모를 잊어버려,/마지막 네 계집을 잊어버려,/아라스카로 가라 아니 아라비아로 가라/아니 아메리카로 가라 아니 아프리카로/가라 아니 침몰하라 침몰하라 침몰하라!"고 큰소리로 외쳤다.

"길은 항시 어데나 있고, 길은 결국 아무데도 없다" 바로 이 말은 한창 회의와 절망에 빠져 있던 필자의 탄식과 어쩌면 그리도 흡사하였던지 모른다.

시의 수용자가 시의 화자, 혹은 작자(作者)인 시인과의 심정적 일치가 없다면 공감이나 감동이 있을 수 없고 공감과 감동이 없다면 시의 존재 이유도 없어지는 것이겠지만 이 시는 날마다 때마다 캄캄한 궁륭(穹窿) 속으로 빠져드는 것 같고, 얼음 감옥에 갇혀 있는 것 같고, 앞길이 안 보이는 50년대 후반의 사춘기 소녀에게는 충격이며 동시에 자신을 대변하는 절규이기도 하였던 것이다.

전후(戰後)의 암담한 현실은 모든 사람들에게서 희망을 뺏고 미래를 가늠하기 어려운 상황으로 몰고 가고 있었다. 전흔(戰痕)의 상처는 아직도 다 가시지 않았고, 그 상처는 거리거리 눈에 보이는 폐허 속에만 있는 것이 아니라 사람들 가슴속에도 검은 공동으로 남아 있었다. 삶은 곤핍하고 가난하였으며 사람들은 정신적으로나 육체적으로 피폐하고 허기져 있었다. 분명히 탈출을 하여야 할 상황이었고 탈출을 하여야만 살아날 수 있다고 생각되었는데 문도 없고 길도 없었다. 전쟁 후유증을 심히 앓고 있는 이런 세상 이런 세태에서 예민한 젊은이들의 고뇌는 이루 말할 수가 없을 정도였다.

바로 필자도 그런 젊은이들 중의 하나였다. "길은 항시 어디에나 있는데 길은 결국 아무데도 없다"는 현실인식! 그것이 몰아오는 절망은 너무나 큰 것이 아닐 수 없었다. 마음은 먼 곳에 두고 누더기 같은 현실을 감수하여야만 하는 삶은 어쩌면 치욕이기도 하였다. 생명이 능욕당하는 듯한 부끄러움을 씻어 낼 길이 없었다.

오상원의 소설, 손창섭의 소설들이 주던 가학적 쾌감, 이런 것도 결코 탈출구가 되지는 못하였다.

〈바다〉는 바로 이런 처지에서 방황하고 있던 필자에게 정화의 길을 열어 준 작품이었다.

반쪽의 낮달처럼 창백하고 미완성인 젊은이의 가이없는 슬픔을 위무(慰撫)하고 어디다 풀 수 없었던 분노를 삭히게 해주었던 것이다.

필자는 지금도 〈바다〉를 큰 소리로 읽을 적마다 눈물로 저 시를 읽던 젊은 날의 아픔이 가만히 가슴에 치밀곤 한다.

마음속으로 오르는
한라산

최근에도 나는 시 〈백록담〉을 읽으며 마음속으로나마
종종 한라산 등정을 한다.
그것도 마음이 어지러울 때면 모든 것을
떨쳐 보고 싶어 홀로 오르고는 하는 것이다.

홍신선

정지용 ― 백록담

1944년 경기도 화성에서 출생하여 동국대 국문학과와 동 대학원 국문학과를 졸업하였다. 지난 1980년 이후 서울 예술
대, 안동대, 수원대 교수를 거쳐 현재 동국대 문창과 교수로 재직중이다.   시 전문지 《시문학》에서 김현승 선생의 시 추
천으로 문단에 데뷔(1965)한 이후 현대문학상(시부문), 녹원문학상(시부문) 등을 수상한 바 있으며, 그 동안 시집 《서벽
당집》, 《겨울섬》, 《우리 이웃 사람들》, 《다시 고향에서》, 《황사바람 속에서》 등을 냈다. 그 밖에 논문, 시론 등을 다수 발
표한 바 있다.

백록담

정지용

1

절정(絶頂)에 가까울수록 뻑국채 꽃키가 점점 소모된다. 한마루 오르면 허리가 슬어지고 다시 한마루 우에서 목아지가 없고 나종에는 얼굴만 갸옷 내다본다. 화문(花紋)처럼 판 박힌다. 바람이 차기가 함경도 끝과 맞서는 데서 뻑국채 키는 아조 없어지고도 8월 한철엔 흩어진 성진(星辰)처럼 난만하다. 산그림자 어둑어둑하면 그러지 않어도 뻑국채 꽃밭에서 별들이 켜든다. 제자리에서 별이 옮긴다. 나는 여기서 기진했다.

2

암고란(巖古蘭) 환약같이 생긴 어여쁜 열매로 목을 축이고 살어 일어섰다.

3

백화(白樺) 옆에서 백화가 촉루가 되기까지 산다. 내가 죽어 백화처럼 흴 것이 숭없지 않다.

4

귀신도 쓸쓸하여 살지 않는 한모롱이, 도체비꽃이 낮에도 혼자 무서워 파랗게 질린다.

5

바야흐로 해발 6천척 우에서 마소가 사람을 대수롭게 아니녀기고 산다. 말이 말 끼리, 소가 소끼리 망아지가 어미소를 송아지가 어미말을 따르다가 이내 헤여진다.

6

첫새끼를 낳노라고 암소가 몹시 혼이 났다. 얼결에 산길 백리를 돌아 서귀포로 달어났다. 물도 마르기 전에 어미를 여힌 송아지는 움매- 움매- 울었다 말을 보고 도 등산객을 보고도 마구 매여달렸다. 우리 새끼들도 모색(毛色)이 다른 어미한틔 맡길 것을 나는 울었다.

7

풍란(風蘭)이 풍기는 향기, 꾀꼬리 서로 부르는 소리, 제주회파람새 회파람 부는 소리, 돌에 물이 따로 굴으는 소리, 먼 데서 바다가 구길 때 솨-솨- 솔소리, 물푸 레 동백 떡갈나무 속에서 나는 길을 잘못 들었다가 다시 측넌출 긔여간 흰돌바기 고부랑길로 나섰다. 문득 마조친 아롱점말이 피하지 않는다.

8

고비 고사리 더덕순 도라지꽃 취 삭갓나물 대풀 석이(石耳) 별과 같은 방울을 달 은 고산식물을 색이며 취하며 자며 한다. 백록담 조찰한 물을 그리여 산맥 우에서 짓는 행렬이 구름보다 장엄하다. 소나기 놋낫 맞으며 무지개에 말리우며 궁둥이에 꽃물 익여 붙인 채로 살이 붓는다.

9

가재도 긔지 않는 백록담 푸른 물에 하눌이 돈다. 불구에 가깝도록 고단한 나의 다리를 돌아 소가 갔다. 좇겨온 실구름 일말에도 백록담은 흐리운다. 나의 얼골에 한나잘 포긴 백록담은 쓸쓸하다. 나는 깨다 졸다 기도조차 잊었더니라.

마음속으로 오르는 한라산

　　몇 해 전 늦가을녘 제주 우도를 들렀을 때의 일이다. 축항
(築港)을 벗어나 땅갓으로 앉은 키를 최대한 낮춘 집들이 듬성듬성
떨어져 앉은 낯선 마을을 지나며, 나는 '역시 바람 많은 고장이구
나' 하는 경탄을 스스로에게 던진 적이 있었다. 특히 소머리 오름
에 올랐을 때는 세찬 바닷바람에 코트 깃을 한껏 올려 세워야 했었
다. 마침 11월이어서 오름의 잔디들은 해맑은 빛깔로 말라 있었다.
그 위로 늦가을 오후의 햇볕들이 반짝이며 여울물처럼 쏟아져 내렸
다. 꽤 가파르다 싶은 경사진 잔디밭에서, 아니 잔디 속에서 나는
그때 낯선 남자색(藍紫色) 꽃들을 만났다. 푸른 잔잎들 속에 꼭 목
없는 둥근 낯짝만 내민 듯한 그 꽃—나중에야 개쑥부쟁이꽃이란
걸 알았지만—은 그만큼 특이한 인상이었다. 실제로 잎들을 들치
고 꽃대를 찾았을 때 나는 "과연 그렇구나"라는 탄식을 내뱉었다.
꽃이 올라앉은 꽃대는 짧고 굵은 모양으로 소모된 채 지표면에 겨
우 잔해처럼 붙어 있는 형국이었다.

　　'정지용의 〈백록담〉에 등장하는 뻑국채꽃이 바로 이런 모습이었
겠구나.' 일행과 조금 뒤처진 채 나는 그 신기한(?) 개쑥부쟁이꽃
을 일일이 뒤지고 확인하느라 한동안 그 오름의 경사를 헤매었다.
알고 보니 그 개쑥부쟁이꽃들은 오름뿐만이 아니라 우도 전체에 흔

히 피어 자생하고 있었다.

정지용은 1938년 8월 23일부터 29일까지 제주도 여행을 한 것으로 되어 있다. 전남 강진의 김영랑, 김현구 등이 함께 어울린 여행 길이었다. 그것도 요즈음처럼 비행기 편을 이용한 것이 아닌 목포 에서 밤배를 이용한 뱃길이라고 한다.

그는 이때의 상황을 《다도해기(多島海記)》라는 기행문에 상세하 게 적어 놓고 있기도 하다. 그리고 시 〈백록담〉에다가 이때 여행의 백미격인 한라산 등반을 매우 인상 깊게 그려 놓고 있는 것이다. 그것도 아홉 개의 장면으로 나누어 가장 인상적인 풍물만을 골라 묘사한 것이다. 특히 1, 3, 4로 표시된 정경묘사는 시인 정지용의 솜씨를 단적으로 알게 만든다. 1번은 이 작품의 화자(혹은 시 인……이하 시인으로 부른다)가 한라산 정상에 오르는 도정(道程)을 뻑국채꽃을 매개로 하여 극적으로 보여 준다. 먼저, 뻑국채꽃이라? 뻑국채란 꽃 이름도, 듣기에 따라서는, 왠지 서름서름한 느낌을 준 다. 일상의 여느 공간에서는 볼 수 없는 고산의 희귀한 꽃이란 생 각과 함께 그러면 '과연 어떻게 생긴 꽃일까?'라는 궁금증이 생기 는 것이다. 하나, 이러한 뻑국채꽃에 대한 궁금증도 잠시, 식물도 감이나 야생화만 다루고 있는 책들을 보면 금방 그 본모습이 확인 된다. 확인하는 순간 우리는 곧 실망감에 젖어 든다. 홍자색의 두 상화(頭狀花)가 줄기 끝에 하나씩 달리는 이 꽃은 언뜻 보기에는 꼭 엉겅퀴꽃 같기 때문이다. 그것도 고산의 희귀식물이 아니라 우리나라 전국의 산지에 분포되어 핀다는 것. 달리 생각하여 보면, 이 평범한 꽃도 작품 속으로 주거(住居)를 이동하면 시 〈백록담〉에서처럼 얼마쯤이든지 신비의 꽃으로 변신하게 마련인 셈인가.

아무튼, 뻑국채꽃은 산의 정상까지 오르는 길동무 역할을 하면서 그 키를 표고(標高)에 따라 줄이고 있다. 정상 부근쯤까지 따라온 이 꽃은, 내가 우도의 소머리 오름에서 보았던 개쑥부쟁이꽃처럼, 몸이 완전히 축약된 채 덩그러니 얼굴만 남는다. 앉은뱅이가 되었다고나 할까. 대신 이와 같은 육체의 소모와 반비례하여 시인의 정신은 맑고 순수해져 있는 것을 다음 순간 우리는 깨닫게 된다. 곧, 촉루처럼 고사목(枯死木)이 된 자작나무를 보고 죽음을 담담하게, 이를테면 '숭없지 않게' 생각하거나 마소가 서로를 분별하지 않고 화평한 모듬살이의 본보기를 보여 준다는 등의 진술이 의미하는 시인의 무욕 명징(無慾明澄)한 세계가 그것이다.

요즈음도 사람들은 여행을 즐겨 하고 드물게는 무슨 구도 행각처럼 여기기도 한다. 잘 알려진 바와 같이 70년대 산업화와 함께 여행은 사람들의 삶 한복판에 토네이도 현상처럼 불어닥친 바 있다. 그때부터 지금까지 사람들은 여행에 취(醉)해 살고 있는 것은 아닐까. 일상으로부터 일정 시간을 토막내듯 분리하여 여행공간으로 옮기는 일은 이미 자신이 평소에 꿈꾸던 특별한 시공 속으로 들어감을 의미한다. 그 시공 속에서는 모든 것이 새로운 행동규범에 따라 이루어진다. 마치 카니발처럼 여행길에서 일상과 절연된 꾀는, 새로운 행동과 생각을 하게 되는 것이다. 오래된 옛날 여행은, 단순히 무엇을 보고 즐긴다는 오늘의 관광과는 달라서 때로는 험난한 자연과, 때로는 미지의 적들 사이를 통과하는 모험 그것이기도 하였다.

호머의 서사시 〈오디세이〉의 주인공 '오디세우스' 나 다소 변형된 경우이기는 하나 지옥과 연옥(煉獄), 그리고 천국을 두루 여행하는 '단테' 등의 여행이 그것이다. 굳이 예를 서양까지 갈 것 없이 지난 1920년대 최남선이나 이광수 등이 벌인 국토 순례도 바로 이와 같은 본래적인 의미의 여행과 멀지 않은 것들이었다. 정지용의 여행벽도 그의 《문학독본》에 실린 여러 편의 기행문에 따르자면 이같은 여행과 동궤(同軌)의 성격을 지닌 것이었다. 뿐만 아니라, 내가 읽은 여행시의 대표적인 작품인 〈백록담〉역시 그의 이런 여행을 단적으로 보여 주고 있는 것이다. 작품에서 7과 8로 표시된 절정 가까운 공간에서의 신비로운 자연에 대한 매혹은 마치 읽는 사람 또한 그러한 홀림에 든 것 같은 착각에 빠지게 한다.

1938년 여름에 찾았던 한라산의 여행체험은 근 1년 동안의 숙성을 거쳐서 그 이듬해 〈백록담〉이란 제목의 시로 변용되어 발표되었다. 그것도 다른 작품들은 젖혀 둔 채 오직 이 시만을 깎고 다듬은 끝에 발표한 것이었다. 흔히 말하는 바 그대로 왜 시인이 장인(匠人)인가를 정지용은 이 작품을 통하여 묵묵히 보여 준 것이다.

　내가 이 작품을 처음 만난 것은 대학을 졸업한 직후였다. 그 당시 이화여대의 이태극 선생이 어렵게 복사본으로 만들어 학생들에게 읽힌 다소 거친 제본의 낡은 《지용시선》을 청계천 변 고서점에서 구입한 것이 계기였다. 그때까지만 하여도 풍문으로만 듣던 정지용을, 그것도 작품으로 나는 비로소 대면하게 된 것이었다. 그 이후로 나는 영인본(影印本) 책장사들에게서 틈틈이 지용의 시집과 산문집을 구입해서 대단한 금서(禁書)라도 읽듯 탐독하였다. 지난 세기의 납・월북 문인 해금조치와 함께 전집은 물론 '지용문학제'까지 열리는 현재의 형편과 비교하면 그야말로 흩색으로 탈색된 옛 사진을 들여다보는 것 같은 격세(隔世)의 느낌이 아닐 수 없다. 최근에도 나는 시 〈백록담〉을 읽으며 마음속으로나마 종종 한라산 등정을 한다. 그것도 마음이 어지러울 때면 모든 것을 떨쳐 보고 싶어 홀로 오르고는 하는 것이다.

나를 매혹시킨 한 편의 시 ④

초판 1쇄— 2001년 7월 25일
초판 3쇄— 2011년 9월 29일

지은이 — 구상 · 김춘수 · 김남조 외
펴낸이 — 임 홍 빈
펴낸곳 — (주)문학사상
주 소 — 서울특별시 송파구 오금동 91번지(138-858)
등 록 — 1973년 3월 21일 제 1-137호

편집부 — 3401-8543~4
영업부 — 3401-8540~2
팩시밀리 — 3401-8741
홈페이지 — www.munsa.co.kr
전자우편 — munsa@munsa.co.kr
대체계좌 — 010017-31-1088871
지로계좌 — 3006111

잘못 만들어진 책은 구입하신 서점에서 바꾸어 드립니다.

값은 표지 뒷면에 표시되어 있습니다.

ISBN 89-7012-382-2 04810